365일
삶의 지침서

365일
삶의 지침서

이와사키 쇼오岩崎照皇 지음 / 김병묵金昞默 감수

안원실·서상옥·이경수·석치순 공동번역

범우

　시간은 누구에게나 공평하다. 그 공평한 시간이 모여 하루가 되고 일 년이 되고 일생이 된다. 하루라는 출발점에서는 누구의 삶이든 별반 다르지 않겠지만 일 년이 되고 일생이 되면 엄청난 차이가 생긴다. 하루하루를 어떻게 살아가느냐가 결국 우리의 일생을 좌우하는 것이다.

　이 책의 원제목은 《お釈迦さまと歩こう 365日》이다. 이 책은 우리가 지금보다 조금이라도 더 행복해지려면 하루하루를 어떻게 사유하며 살아야 하는지 그 근원적인 물음에 담담하게 답을 일러주는 삶의 지침서라 할 수 있다. 하루에 한 구절씩 마음에 새기기를 365일 이어나간다면 분명히 달라져 있는 자신과 만날 수 있으리라는 희망을 심어준다. 그러다 보면 내공이 쌓여 인생의 올바른 방향을 깨닫게 되고 현재진행형으로 살아가는 눈이 떠질 것이다. 번역본의 제목을 《365일 삶의 지침서》로 정한 이유이기도 하다.

　사람은 살아가면서 누구를 만나고, 누구와 함께 일하느냐에 따라 삶의 가치관이 바뀌는 경우가 많다. 일생에 한 번이라도 진정한 멘토를 만난다면 하늘이 주신 복이라 할 수 있을 텐데, 이 책은 그런 멘토를 내신한다고 감히 말하고 싶다. 365일을 멘토와 만날 수 있고, 이제껏 돌아보지 못했던 자연의 섭리와 하늘의 도리에 마음을 기울일 수 있게 된다면 크나큰 행운이다. 저자는 장황하게 설명하거나 설득하려 들지 않는다. 이 책은 꾸밈없는 짤막한 표현으로 현상 뒤에 숨어 있는 본질을 꿰뚫기 때문에 깨달음과 감동이 오히려 크다.

이 책을 공동 번역한 '이와사키(岩崎)연구회'는 1980년대에 종로에 모여 일본어를 공부하던 쓰야보시카이(艶星会)라는 스터디그룹이 그 시작이다. 그 중에서 뜻이 맞는 몇몇이 다시 모여 번역 공부를 하고 있는데 이 책은 그 결과물이다. 풋풋하던 20대에서 40년 가까운 세월이 흘러 60대가 되었으나 모두가 열정만은 그때 그대로이다. 뜨겁게 공부하고 치열하게 사색하고 토론하여 탄생시킨 결과물을 세상에 내놓으니 뿌듯하면서 한편 두렵기도 하다. 고백하자면, 365개의 구절 하나하나가 한결같이 삶의 진리와 심오한 철학을 담고 있다 보니 이해가 가지 않는 부분도 더러 있었다.

그럴 때는 저자에게 직접 질문하고 설명을 들어가며 언외의 문제까지도 번역하려고 애썼다. 시행착오도 많았지만 한 문장 한 문장을 같이 읽고 번역하고 의견을 모아가며 수정하다 보니 서로에 대한 이해와 공부가 깊어져서 뿌듯하다. 저자의 의도를 충분히 파악하려고 노력했으나 여전히 미흡한 부분이 있다. 두렵기는 하나 용기를 내어 세상에 내놓게 되었다. 많은 질책과 응원을 기다린다.

이 책은 번역, 산책, 원문의 순으로 구성하였다. 산책 코너는 원문을 이해하는 데 참고될 만한 내용을 덧붙여 읽는 재미를 더하였다. 삶의 지혜, 단순하고 가볍게 사는 일의 중요성, 우리의 인생에서 채워야 할 것과 비워야 할 것을 분별할 줄 아는 지혜를 얻을 수 있었으면 한다.

이 책이 나오는 과정에서 여러 분들의 도움을 받았다. 특히 원저자 이와사키 쇼오(岩崎照皇) 이사장님, 번역에 도움을 주신 와타나베 야스코(渡辺康子)씨, 감수를 해주신 신성대학교 김병묵 총장님, 진본각 스님, 바쁘신 가운데 윤독해주신 허유승 님, 방송대 동아시아 사랑방 포럼 관계자 여러분께도 마음 깊이 감사드린다. 또한 출판사 사정도 녹록치 않을 텐데 책이 나올 수 있도록 도와주신 범우사 관계자 여러분께도 머리 숙여 감사드린다.

시간을 투자하지 않고 열매를 얻을 수는 없다. 시간을 쪼개어 이 책을 읽는 독자들께 영혼의 진한 울림과 향기가 전해지기를 기대하며, 삶의 가치를 새롭게 발견하는 작지만 큰 책으로 다가가길 진심으로 바란다.

2022년 좋은 날
이와사키연구회 일동

우리는 현재를 살아내기 위해 모두가 필사적으로 일하고 배우고 사회 흐름에 적응하려 애쓰고 있습니다.

눈에 보이는 곳이나 보이지 않는 곳에서 제각기 열심히 노력하고 있습니다.

인류는 날마다 위대한 발전을 이룩하고 있으나 급속도로 성장하는 발전의 뒷면에서는 많은 웃음과 눈물이 새로 생겨나는 것이 현실입니다.

세상의 거센 물결에서 낙오될 것 같은 상황을 만나 또다시 새로운 고민을 안고 어둠 속에서 헤매는 것을 못 본 척할 수는 없습니다.

이런 세상에서 실생활에 도움이 될 수 있는 일이 없을까 마음을 가다듬고 생각하던 중, 역사를 거슬러 올라가 아득히 먼 옛날의 부처님의 가르침이 퍼뜩 떠올랐습니다.

만약 부처님이 지금 살아계신다면 우리에게 어떻게 살라고 가르치실까 하는 생각에 삼천 년 전의 옛날로 달려갔습니다.

그러자 머릿속에 부처님의 말씀이 잇달아 떠올랐습니다. 뜻도 모른 채 그 말씀을 원고지에 적어나갔습니다.

5년 정도 그렇게 했습니다. 그동안 적었던 것을 살펴보던 중, 항목이 하나하나 나뉘어 있고, 모두가 이해하기 쉬운 인생의 가르침이라는 것을 깨달았습니다.

5년은 긴 세월이지만 아무런 진척이 없었던 날도 있어, 끝이 나지 않아 쓰고 또 썼습니다.

써 놓은 말씀들을 여러 번 되풀이해서 읽다 보니 혼자만 읽을 것이 아니라 가능한 한 많은 사람이 읽으면 좋겠다는 생각이 들어 친한 친구들에게 보여주었습니다. 그러자 '이 글은 책으로 펴내는 것이 좋겠다'는 의견이 여러 사람에게서 나왔습니다.

그것뿐만이 아닙니다. 적어놓은 말씀의 가르침 항목을 세어 보고 다시금 깜짝 놀랐습니다. 그 글귀가 뜻밖에도 365개였기 때문입니다. 여러분도 이 숫자를 보면서 단번에 '일 년'을 떠올리겠지요. 저도 예외가 아니어서 보는 순간 '일 년의 계획은 새해 첫날에 있다'는 말이 떠오르면서 일 년을 아우르는 달력으로 만들어 '인생의 지침서로 삼자'는 생각을 하게 되었습니다.

인간은 강한 것 같지만 약한 존재입니다. 평온한 나날을 보낼 때는 아무것도 느끼지 못하고 생각도 하지 않는 것이 일반적이지만, 뭔가 부족한 사태가 생기면 앞이 보이지 않게 되고 저도 모르게 초조해져서 인생의 핸들을 잘못 꺾게 됩니다. 그럴 때 '지침서'가 옆에 있으면 안심하고 생활할 수 있지 않을까요. 부처님도 그런 때를 위한 마음의 자세를, 저를 통해 가르쳐주신 것이 아닐까 생각하고 용기를 내어 인생 달력을 출판하게 되었습니다.

인간은 생명을 가지고 태어나 종착역인 죽음에 이르기까지 여

행을 합니다. 긴 것 같아도 매우 짧은 여정입니다. 그 여정에서
실패를 하나라도 줄이면서 천도(天道)를 지향하며 함께 걸어가고
자 합니다.

당신이 인생을 유쾌하게 보내는 데 이 365일 달력이 조금이라
도 도움이 된다면 정말 기쁘겠습니다.

이 책을 인생 사전으로 삼아 하루하루 가벼운 마음으로 공부하
면 소확행(소소하지만 확실한 행복)을 이루게 될 것입니다.

자, 함께 갑시다.
오늘보다 내일은
더 좋은 날 되리
손잡고 함께 가며
하늘의 이치를 알아가는 즐거움이여

이와사키 쇼오

차 례

1월

순수하게

1월 탄생화 : 수선화
꽃말 : 자기애(나르시스) · 자존심 · 고결 · 신비

멋진 삶은 흐름을 타는 것
한결같은 노력이 뒷받침될 때
기회가 온다

📖 산책

"오늘 나무 그늘에서 쉴 수 있는 것은 예전에 나무를 심었기 때문이다."

역사상 위대한 투자자로 누구나가 인정하는 워렌 버핏의 말입니다. 행운은 어느 날 갑자기 내 인생에 찾아오는 것이 아니라 그동안 기울인 노력이 결실로 돌아오는 것입니다. 가만히 있는데 저절로 행운이 찾아오는 법은 없습니다. 기회는 준비된 자에게만 찾아오며, 준비된 자만이 그 기회를 잡을 수 있습니다.

よい生き方は勢いに乗ることだ
それにはひたむきな努力が裏付けだ

헛된 생각에 빠져 있지는 않은지
망상하느라 시간을 낭비하지는 않는지
잘 살펴보라

📖 산책

　노력은 하지 않으면서 좋은 결과만을 얻으려는 헛된 생각에 빠져있지 않나요? 공부는 하지 않고 빈둥빈둥 놀면서 좋은 성적을 바라고, 저축은 하지 않고 목돈만을 탐내고, 저절로 행운이 찾아오기를 바라는 것은 욕심입니다. 요행만을 바라면 아무 일도 이루지 못하고 시간만 낭비됩니다. 삶은 유한합니다. 성공에 이르는 지름길은 없으므로 현재의 자신을 냉정하게 돌아보고 엄하게 살피는 자세가 필요합니다.

　想像魔にやられていないか
　妄想に時間を取られていないか 検証せよ

이해득실을 따지니 싸움이 된다
욕심에서 한발 물러나라

 산책

좀 더 많이 가지려고 이해득실을 따지고 욕심을 부리는 데서 갈등이 일어나고 싸움이 생깁니다. 작은 이익 때문에 쓸데없이 힘겨루기를 하면서 시간을 헛되이 보내고 있지는 않은지 자문해 봅시다. 욕심이 지나치면 오히려 화가 됩니다. 이기적인 인간관계에서 지치고 상처받는 것은 자기 자신입니다. 소탐대실(小貪大失)하다가 진짜 소중한 것을 잃어버리지 않도록 욕심을 관조(觀照)할 수 있으면 좋겠죠.

損得を言うから喧嘩になるんだ
ちょっぴり欲から離れてみよ

제대로 된 배움이 없기 때문에
변명을 일삼는다
쓰면서 공부하면 기억에 오래 남는다

📖 산책

어설픈 지식을 자랑하다 보면 금방 밑천이 드러나기 마련이고 결국 자신이 없어져 구구한 변명을 늘어놓게 됩니다. 단순한 지식이나 정보에 의존하지 말고, 몸소 체험하고, 직접 써가면서 배우고 익히고 기억하면 제대로 된 삶의 지혜로 연결됩니다.

'기록이 기억을 지배한다'는 말도 있듯이 기억은 완전하지 않습니다. 길을 가다가, 음악을 듣다가, 하늘을 보다가 문득문득 떠오르는 생각을 기록으로 남겨보세요. 언젠가는 그 기록이 당신의 아름다운 자산이 될 것입니다.

しっかりした学びが無いから 言い訳になってしまう
書いて学ぶがよく覚える

모든 일은 구체성이 있어야
진정한 내 것이 된다

📖 산책

'마인드셋Mindset' 이론으로 세계적인 명성을 얻은 심리학자 캐럴 드웩은 말합니다. 시간, 장소, 방법까지 마음속으로 그릴 수 있을 정도의 구체적인 계획이 있어야 실현 가능성은 물론 성공할 확률도 높다고 합니다. 계획이 추상적이거나 애매모호하면 설득력이 떨어져 상대방의 공감과 신뢰를 얻을 수 없기 때문이지요. 무슨 일이든 진정한 내 것으로 만들기 위해서는 실현 가능한 목표를 설정하고 구체적인 계획을 세워 꼼꼼하게 점검하며 실행으로 옮겨야 합니다.

物事は具体性がないと
本物にならない

◆ 1월 6일

구체성은
체험에서 저절로 우러나온다

📖 산책

"체험은 가장 훌륭한 스승이다." 영국의 평론가 토머스 칼라일의 말입니다. 무엇이든 처음에는 서툴고 어려우나 체험을 쌓아가는 동안에 익숙해지고 잘하게 되고 '내 것'이 됩니다.

객관적인 경험 단계에서 주관적인 체험 단계로 나아가, 직접 느끼고 깨닫고 반복하다 보면 자신이 무엇을 좋아하고 어떤 분야에 재능이 있는지 구체적인 그림이 그려집니다. 체험보다 더 훌륭한 스승은 없으니까요.

具体性は
体験から自然と生まれ出る

세상 일은
추상적이어서는 진전이 없음을 알라

📖 산책

우리가 사는 세상은 그리 만만하지 않습니다. 추상적인 계획과 목표는 망상이나 희망사항으로 끝나기 쉽습니다. 계획과 목표를 구체적으로 세워야 의욕이 생기고 앞으로 나아갈 힘을 얻습니다. 목표를 향해 나아가다 보면 당연히 난관을 만납니다.

"흔들리지 않고 피는 꽃이 어디 있으랴/ 이 세상 그 어떤 아름다운 꽃들도/ 다 흔들리면서 피었나니"

도종환 시인의 노래처럼, 목표를 꽃피우기 위해서는 흔들림을 견디고 이겨내야 합니다.

世の中
抽象的では進展は無いと知れ

인간은 지금을 살 뿐이다
모든 것은 다 지나간다

📖 산책

이 책의 저자뿐만 아니라 법정 스님도 말합니다. "이 세상에서 영원한 것은 아무것도 없다. 어떤 어려운 일도 어떤 즐거운 일도 영원하지 않다. 모두 한때이다." 그렇습니다. 굳이 누군가의 명언을 인용할 필요도 없이 우리 모두가 살면서 실제로 깨닫고 있습니다.

그러나 우리는 그러한 깨달음을 금방 잊어버리고 마치 인생이 영원할 것처럼 생각하고 행동하는 경우가 많습니다. 생명이 있는 것 중에서 영원한 것은 아무것도 없습니다. 오늘, 이 순간을 충실히 사는 것이 가장 중요합니다.

人間その都度しか何も無い
全てが過ぎ去って行くを知れ

고통을 분석해본 적이 있는가
싫다는 말을 많이 하는 것
그게 바로 고통의 주범임을 알라

산책

"아이고, 힘들어 죽겠다", "휴, 정말 싫어", "지겹다, 지겨워" 혹시 이런 말을 습관적으로 하고 있지는 않은가요? 아무 생각 없이 부정적인 말을 되풀이하면 삶은 더 고통스러워집니다.

말이 씨가 된다고 합니다. 만약에 신이 계신다면 "좋아, 그렇다면 네 말대로 해주마"라고 하지나 않을까 두렵습니다. "뭐, 이 정도쯤이야", "좋아, 해볼 만하네", "자, 다시 해보자" 이렇게 긍정적이고 스스로를 격려하는 말을 자주 하면 의욕과 희망이 솟아날 것입니다.

諸君は苦を分析した事が有るか
嫌いが出て来る事が多い これが苦の犯人と知れ

생로병사는 누구에게나 찾아온다
수행을 쌓아도 피할 수 없다
그렇다면 맞서보자, 마음을 갈고닦아

📖 산책

"우리는 아무런 연습 없이 태어나서 아무런 훈련 없이 죽는다" 라고 노벨문학상 수상작가인 비슬라바 쉼보르스카는 두 번 없는 삶과 누구도 피할 수 없는 생로병사를 말하고 있습니다.

두 번 다시 오지 않는 내 삶의 주인공은 바로 '나'입니다. 내 인생은 내가 만들어 가는 것입니다. 세상 시류에 휩쓸려 갈팡질팡하지 말고 마음을 다해 가슴 뛰는 일을 하며 치열하게 살아야 합니다.

生病老死はいずれも行場だ 逃げられない修行だ
ならば挑戦しよう 心を磨いて

병을 고통으로 여기는 자는 환자이다
순순히 받아들이고 극복하는 자가
참된 수행자이다

 산책

누구나 병을 싫어합니다. 병은 내 몸에서 몰아내야 할 몹쓸 대상으로 생각하기 마련입니다. 그러나 조금 달리 생각하면 병이 반드시 나쁜 것만은 아닙니다. 병을 핑계 삼아 자리에 누워 몸과 마음에 여유를 가져보십시오. 나는 무엇이든 할 수 있다고 여기던 교만에서 한발 물러나 겸손을 배우게 됩니다. 병들고 나서야 비로소 사랑과 감사와 성찰을 깨닫는 사람이 많습니다. 살아 있기 때문에 고통도 느낄 수 있다고 생각하면 병은 고마운 존재이기도 합니다.

病を苦にする人が病人だ
素直になって闘う人が真人なり

도전이란 불가능하거나
어려운 일과 맞서는 것이다

📖 산책

세상의 중요한 업적 중 대부분은 끊임없이 도전한 사람들이 이루어낸 것입니다. 처음부터 불가능하다고 생각해버리면 어떤 일도 성취할 수 없습니다.

목표를 세우고, 그것을 달성하기 위해 있는 힘을 다해 노력해서 성취감을 느껴보고, 어떠한 역경에도 도전하는 삶. 그런 삶의 주인공이 되어보십시오. 생각만 해도 가슴이 뜨거워지지 않습니까. 기회는 도전하는 자에게 찾아옵니다.

挑戦とは出来ないもの
難しいものに対して有る

맞서서 도전하고 성취하라
그것이 곧 재산이다

 산책

　도전이란 남이 만들어 놓은 틀에 안주하기보다 자신의 개성을
살려 독특한 발상으로 새로운 일을 하는 것입니다. 미국 정신과
의사 고든 리빙스턴은 '새로운 도전을 맞이하기에 너무 늦은 나
이란 없다'고 했습니다. 늦었다고 생각할 때가 가장 이른 법이지
요. 비록 거창하지 않더라도 작고 소중한 나만의 목표를 발견해
야 합니다. 이를 성취하게 되면 자존감이 높아지고 자신의 가치
도 올라갑니다. 이는 무엇과도 바꿀 수 없는 재산입니다.

挑戦は向ってやってのけろ

財産となる

불가능하다고 생각하는 순간
인생은 떠나버린다
아무도 도와주지 않는다

📖 산책

'나는 틀렸어, 나는 구제불능이야' 하고 자신을 포기하면, 세상도 당신을 포기합니다. 아무도 도와주지 않습니다.

니체는 말합니다. '자신을 하찮은 인간으로 깎아내리지 마라. 지금까지 살면서 아무것도 이루지 못했을지라도 자신을 항상 존귀한 인간으로 대하라'고. 그렇습니다. 자신을 귀하게 여기고 사랑하며 열심히 살아야 하겠습니다.

"내 인생의 주인공은 '나'입니다."

人生は出来ないと思うと
置いてけぼりになるぞ 手伝いはなし

바라는 것이 있으면 간절히 구하라
단, 정말로 필요한 것이라야 한다

📖 산책

긍정적인 결과를 기대하면서 간절히 원하면 좋은 결과를 얻을 수 있다는 '로젠탈 효과'를 아시나요? 타인에게서 칭찬과 격려를 받는 사람도 그 기대에 부응하기 위해 필사적으로 노력하기 때문에 좋은 결과로 이어진다는 것이 실험으로 증명되었습니다.

간절하게 원하는 것은 뜨거운 가슴으로 끈기 있게 실천해야 이룰 수 있습니다. 늘 머리에서만 맴돌다가 우물쭈물하는 인생이 되지 말아야겠습니다.

欲しい物は本気で欲しがれ
必要が本物であるべし

미래가 아닌
현재를 직시하고 생각하며 행동하라
그리하면 길이 열리리라

📖 산책

일어나지도 않은 미래의 일을 걱정하면서 오늘을 낭비하고 있지는 않으신가요?

'내일 걱정은 내일에 맡겨라. 하루의 괴로움은 그날 겪는 것만으로도 충분하다'라는 말도 있듯이, 일어나지도 않은 일까지 앞당겨 걱정하는 것은 어리석은 일입니다.

인생은 아름답고 살 만하다고 믿으며 하루하루 최선을 다하다 보면 길은 열리게 되어있습니다. 어제는 지나갔고 내일은 알 수 없습니다. 뜨겁고 진실하고 간절하게 오늘을 살아야 합니다.

未来ではなく

今を見つめて今を考え行動せよ 道びらきだ

오만한 인간은 상대하지 말라
무시해버리면 된다

 산책

'오만'은 타인으로부터 사랑받지 못하게 만들고, '편견'은 타인을 사랑하지 못한다고 합니다. 오만한 사람을 만나면 어떻게 해야 할까요. 좋은 뜻으로 잘못을 알려주고 충고했을 때 상대방이 인정하고 받아들인다면 더 바랄 게 없지만, 오히려 오해나 미움을 받을 우려가 큽니다.

사랑의 반대말은 무관심이라고 하지요. 따라서 오만함을 버리지 못하는 사람에게는 일일이 상대하기보다는 무관심하게 무시하는 것도 방법일 것입니다.

傲慢な人間は相手にするな
無視して通ればよい

여생이 없는 인간의 삶
허무하기는 하지만 싸운 보람은 있네

📖 산책

내일 죽어도 후회 없는 인생을 살고 있습니까?

법륜스님은 '영원히 사는 줄 알고 오늘을 허투루 보내지만, 언제 죽음이 닥칠지 모르니 오늘이 마지막인 것처럼 최선을 다해 살라'고 합니다.

세상이 원하는 틀에 얽매이지 말고 자신의 삶을 스스로 디자인하면서 살아보십시오. 열심히 살아온 당신, 스스로 만족하는 삶으로 여백을 채워가면 그것이 바로 보람된 삶입니다.

余生なんぞなしの人の人生
侘しいが戦い甲斐がある

꿈이 있는 인간은 성장한다
그 꿈을 실현하기 위해
무엇을 해야 할지 생각하라

 산책

'생생하게 꿈꾸고 글로 적으면 현실이 된다'고 하지요. 이지성 작가는 《꿈꾸는 다락방》에서 마법의 공식(R=VD, 생생하게 Vivid 꿈꾸면 Dream 이루어진다 Realization)을 소개하고 있습니다.

이미 성공한 모습을 미리 생생하게 그리는 습관은 목표를 달성하는 데 가장 강력한 수단이라고 합니다. 나의 청사진을 만들고 현실이 아무리 힘들더라도 한발 한발 나아가십시오. 그러면 아무것도 꿈꾸지 않는 사람들보다 훨씬 많은 꿈을 이룰 수 있습니다.

人間の成長は夢にある
それは実現するに 何をすべきか 考えろ

꿈은 망상이어서는 안 된다
가까이 있는 것부터 먼저 하라

산책

동화 〈파랑새〉를 기억하시는지요? 파랑새를 찾아다니던 어린 남매가 끝내 파랑새를 찾지 못하고 헤매다가 실의에 빠져 집으로 돌아와서 보니, 자신들 새장에 있는 새가 바로 파랑새였다는 이야기이지요. '행복은 결코 먼 데 있지 않다'는 사실을 우리에게 암시해주고 있습니다.

다만, 현실에 만족하지 못하고 막연한 이상과 미래의 행복만을 추구하는 '파랑새 증후군'에서 벗어나야 진정한 행복을 가까이서 찾을 수 있습니다.

夢は妄想で有ってはいけない
身近なものを優先しろ

진검(眞劍)도 도신(刀身)[1]이 허술하면
금방 부러지고 만다
부러지면 지는 것이다

 산책

목표를 세우고 아무리 열심히 노력한다 해도 내용이 허술하면 좋은 결과를 얻을 수 없습니다. 겉으로는 열심히 하는 것처럼 보이지만 결국은 아무것도 이루지 못하고 우왕좌왕하게 됩니다.

뿌리가 깊지 않은 나무는 아름드리라도 비바람에 허망하게 무너져 버리지요. 일의 목적과 내용을 명확하게 설정한 후, 수박 겉 핥기 식으로 대충하지 말고 기초부터 차근차근 다져나가야 성공 확률이 높아집니다.

真剣も中味がないと すぐに折れてしまうぞ
折れたら負けだ

---

1 도신 : 칼의 몸, 칼 자루를 제외한 부분.

적당히 둘러대며 거절하는 것은
예의가 아니다 올바른 도리도 아니다

📖 산책

살다보면 당장 귀찮은 상황만을 모면하려고 이런저런 핑계를
대며 둘러대기도 하는데 바람직한 태도는 아닙니다. 얄팍한 속셈
은 금세 들통나 버리지요.

거절에도 지혜가 필요합니다. 긍정적인 내용을 먼저 말한 후
완곡하게 거절 의사를 밝히면 분위기가 좀 더 부드러워지겠지요.
단, 자신의 언행 속에 진실한 마음과 상대에 대한 배려가 담겨 있
어야 상대방도 공감할 것입니다.

きれい事で物事を断つは身勝手なり
道の道理でなし

상대에게 감사의 마음이 전해져야
진정한 감사이다
진심을 담아 말하라

 산책

마음과 마음이 서로 통하면 이심전심(以心傳心)이라고 하지요. 그러나 '이심전심'만 믿다가 또 바쁘다는 핑계로 감사할 줄도 모르고 잠자코 있다가는 상대방의 오해를 사기 쉽습니다.

물론 눈빛이나 미소만 보고서도 서로의 마음이 통하는 경우가 있기는 하겠지만, 말로 분명하게 표현하는 것이 좋습니다.

'말은 생각을 담는 그릇'이기 때문이지요. 특히 사과, 감사, 배려와 같은 긍정적인 말은 적극적으로 자주 할수록 좋습니다.

感謝は相手に伝わりて感謝だ
言葉を尽くせ

◆ 1월 24일

일은 할수록 좋아지게 마련이다
달인은 모두 일을 좋아하는 사람이다

📖 산책

'1만 시간의 법칙(10,000-Hour Rule)'이란, 어느 분야의 전문가가 되려면 최소한 1만 시간의 훈련이 필요하다는 연구결과에서 나온 말입니다. 1만 시간은 대략 하루 세 시간, 일주일에 스무 시간씩 10년간이라는 계산이 나옵니다.

일이란 익숙해지면서 좋아하게 되고, 즐겁게 일하게 되니 기쁨과 만족을 느끼게 됩니다. 당신이 원하는 목표를 세우고 노력과 근성, 그리고 끈기를 투자하십시오. 당신은 어느새 달인이 되어 있을 것입니다.

仕事は好きになる事だ
達人はみんな仕事が好きな人だ

역경은 맞서 대항해야 길이 열린다
도전하는 자에게 기쁨이 있으리니

 산책

"나의 역경은 축복이었다. 가난했기에 《성냥팔이 소녀》를, 못생겼기에 《미운 오리 새끼》를 쓸 수 있었다." 안데르센의 말입니다. 누구나 인생이 순탄하기를 바라지만 살아가면서 많은 고난과 역경을 만납니다. 그 역경에 도전하여 이겨냈을 때 얻는 자신감과 보람은 어떤 금은보화보다도 값진 축복입니다.

"도전은 그대를 괴롭혀 먼지 속에 사라지게 하는 것이 아니라 반짝반짝 윤을 내어 찬란한 보석이 되게 하는 것이다"라는 말도 있죠. '도전하는 사람은 아름답습니다.'

困難は向かって行ってこそ道が開ける

挑戦者に喜びあり

◆ 1월 26일

남의 흠을 찾으려 하지 말라
자신을 선(善)의 기준으로 삼는 것이
불행의 근원이다

📖 산책

'남의 눈에 티끌은 보면서 제 눈에 들보는 보지 못한다'는 말이 있습니다. 들보는 '큰 잘못', 티끌은 '작은 잘못'을 일컫습니다. 즉, 자신의 큰 잘못은 보지 못하고 남의 작은 허물만 트집 잡아서 비판한다는 뜻이지요. '나는 착하고 좋은 사람'으로 단정해 놓고 남의 흠결만 찾으려는 태도는 큰 잘못이고 불행으로 가는 길입니다. 사람은 자신에게는 관대하고 타인에게는 엄격하기 쉬우나 그 반대가 되어야 합니다.

人の粗を捜すな

自分をいい子にする種にしている 不幸の元だ

다툼의 승부는 놀이의 세계에서 끝내라
그렇지 않으면 원한만 남는다

📖 산책

장자는 '인간이 세상에 머무는 시간은 빨리 달리는 말을 문틈으로 보는 것만큼이나 짧다'고 비유하고 인생의 덧없음을 말합니다. 그런데도 우리는 마치 천년 만년 영원히 살 것처럼 아등바등 옥신각신 부질없는 다툼 속에서 시간을 낭비합니다.

놀이를 하든 경기를 하든 승부 세계는 그 시간 내에 끝내고 다시 웃어야 합니다. 다투며 살기에는 우리의 삶이 너무 짧으니까요.

戦いの勝ち負けは 遊技の世界だけでよい
その他は遺恨が残るだけ

만족할 줄 아는 마음이
욕망의 불길을 잡아준다

📖 산책

욕심을 줄이고 만족할 줄 안다는 '소욕지족(少欲知足)'의 뜻을 새기며, 욕심껏 열심히 사는 것만이 정도(正道)라고 믿었던 나 자신을 느슨하게 놓아주는 연습을 해봅시다.

한걸음 물러서서 또 하나의 내가 되어 나를 내려다보면, 별거아닌 일로 욕심 부리고 번민하는 게 한심해 보일 것입니다. 그리고 자신의 분수를 지키며 만족한다는 '안분지족(安分知足)'을 깨닫고 마음이 편안해질 것입니다. '이만하면 됐다'고 만족하면서 욕심이 저만치 물러나지 않을까요?

足りる心を養うことが
欲望の炎を消してくれる

자신의 인생은 자신의 힘으로 향상시켜라
타인을 의지하지 말라

 산책

우리 사회는 부모 잘 만난 덕에 '부모 찬스'로 이득을 누리고, 그것이 마치 자신의 능력인 양 오만한 금수저 젊은이가 있는가 하면, 나는 흙수저라서 어차피 글렀다며 스스로 의기소침해 하는 청년도 있습니다.

내 인생은 내 힘으로 만들어나가겠다는 의지로 자신의 인생을 개척하고 성장해가는 사람이 훨씬 당당하고 자랑스럽습니다. 숱한 실패와 좌절을 겪고 마침내 찬란한 꽃을 피운 사람이야말로 칭송받을 자격이 있습니다. 이 글에 박수를 보내는 여러분입니다.

人生の向上は自分の足で努力せよ
他人を当てにするな

나는 잘하고 남은 못한다고 생각하는
사람은 친구를 사귀기 어렵다

📖 산책

'나는 옳고 남은 그르다'는 식의 자신감이 넘치고 매사에 자기
중심적인 생각을 빗대어 '아시타비(我是他非)'라고 합니다. 자신만
을 특별한 존재로 여기고 남을 멸시하면 아무도 가까이 다가오지
않습니다. 결국은 외톨이가 되겠지요.

나와 남은 서로 다르다는 것을 인정하고 존중하는 것이 인간관
계의 핵심입니다. 자기중심적인 생각에서 벗어나 다양성을 인정
하고 배려하면 친구는 자연스럽게 모여들게 됩니다.

自分はよくて 他人は劣ると思っている
自信家は交友が下手だ

내가 하지 않으면 누가 하겠냐는 말을
늘 마음에 새겨라

 산책

'모두가 세상을 변화시키려고 생각하지만, 정작 스스로 변하겠다고 생각하는 사람은 없다.' 톨스토이의 명언입니다.

내가 바뀌지 않고는 남을 바꿀 수 없습니다. 스스로 변화를 실천하는 사람들만이 세상을 변화시킬 수 있습니다.

솔선수범하는 자세로 자신의 연봉을 1달러로 줄이고 강도 높은 구조 조정으로 미국 자동차 회사인 크라이슬러를 부도의 위기에서 구해낸 아이아코카 회장의 일화는 유명합니다. 진정한 리더의 본보기입니다.

自分がやらずして誰がやると
常に心に語りかけよ

2월

감사하며

2월 탄생화 : 물망초

꽃말 : 나를 잊지 말아요

무슨 일이든 진심으로 원하면
변명 따위는 하지 않아

 산책

일을 제대로 못하는 사람일수록 궁색한 변명과 핑계를 대기 마련입니다. 자신에게는 잘못이 없다면서 여러 가지 변명을 장황하게 늘어놓습니다.

반면에 진심으로 원한다면 진정성 있는 태도로 조용하지만 힘이 있습니다. 비겁한 변명은 필요없기 때문입니다.

지성이면 감천이라고 하지요. 꼭 이루고 싶은 일이라면 간절하게 온 정성을 기울여 노력해보십시오. 좋은 결과가 따라올 것입니다.

何事も本気で望めば
言い訳なんぞは出て来ない

만족할 줄 아는 사람은
어떤 일에든 감사가 나온다

📖 산책

자신의 삶에 만족을 느끼며 사는 사람은 하루하루가 즐겁고 행복합니다. 꼼꼼히 찾아보면 소소한 일상 중에도 감사할 일은 넘쳐납니다. 항상 감사하는 마음으로 살다 보면 감사할 일이 더 많이 생깁니다. 그런 사람은 표정만 봐도 행복하다는 것을 알 수 있습니다. 자신뿐만 아니라 주위 사람들까지 행복하게 합니다.

이것이 진정한 소확행입니다. 늘 감사하며 살기가 쉽지는 않으나 습관이 되도록 노력해야 합니다.

人間足りる心が有ると
どんな事にも感謝の言葉が出る

먹지 못하는 사람들을 생각해봐
뭐든 맛있을 거야

 산책

'날씬한 몸매를 갖고 싶으면 너의 음식을 배고픈 사람과 나눠라.' 나눔을 실천하면서 아름답고 빛난 삶을 살았던 오드리 헵번의 말입니다. 그러나 욕심은 인간의 본능인 탓에 나눔을 실천하기는 쉽지 않습니다. 비만의 가장 큰 원인은 과식과 운동 부족입니다. 적게 먹으면 날씬해지고 다른 사람을 도울 수도 있으니 그야말로 일석이조겠죠. 아직도 헐벗고 굶주리는 사람들이 곳곳에 많이 있습니다. 사랑으로 나눔을 실천하면 모든 음식이 맛있을 뿐만 아니라 건강과 몸매까지 덤으로 따라올 테니까요.

食べられない人達を思ってごらん
何だって美味だぞ

인간의 헛된 희망은 욕심에서 나오지
돌아보고 바로 잡으라

📖 산책

치열한 경쟁사회에서 욕심을 내려놓고 살기란 쉽지 않습니다. 왜냐하면 마치 희망을 접고 의욕이 없는 삶처럼 보여지기 때문입니다. 여기서 문제는 나의 지나친 기대가 도를 넘는 것이지요.

과도한 욕심을 부리다가 죄를 짓고 자신은 물론 가족까지 불행의 나락으로 떨어지게 만드는 경우를 흔히 봅니다. 부와 권력에 집착해서 욕망과 욕심이 불러온 결말입니다.

나 자신을 돌아보고 식별하는 지혜로 욕심이 아닌 희망을 키워야겠습니다.

人間の希望は欲心から出ている
省みて修正せよ

52   365일 삶의 지침서

인간은 결국 빈손으로 떠나야 한다는 사실을 분명히 알아야 하리니

 산책

'공수래공수거(空手來空手去)'라는 말처럼 빈손으로 태어나 빈손으로 돌아가는 것이 인생입니다. 지혜롭게 생각하고 멀리 보면, 지금 내 손에 있다고 해도 내 것이 아님을 알 수 있습니다.

이 땅에 사는 동안 잠시 빌려 쓰다가 생명이 다하는 날, 모두 두고 떠나야 합니다.

결국 아무것도 가져가지 못하고 자신이 했던 말과 행위와 생각으로 지은 업만 남게 됩니다. 그 사실을 분명하게 깨닫고 실천한다면 인생이 훨씬 가볍고 자유로워질 것입니다.

人間その手に何も残らない事を
しっかりと知る事だ

살아 있음을 기뻐하는 사람은 범인(凡人)이고
살아 있음을 감사하는 사람은 대인(大人)이다

📖 산책

단순히 살아 있다는 사실만을 기뻐하는 사람은 범인입니다. 반면에 생명의 진정한 가치를 알고 감사하며 사는 사람은 대인입니다.

보통사람은 먹고 마시고 즐기는 일차적인 삶에 만족합니다. 그러나 큰사람은 매사에 감사함을 잊지 않으며 자신의 부족함을 깨닫고 항상 겸손합니다. 하늘로부터 받은 생명을 감사히 여기며 그 생명에 담긴 진정한 의미를 찾으려 노력합니다. 귀한 생명을 받아 이 땅에서 사는 동안 맑고 향기롭게 살아야 하지 않을까요.

生き喜こぶ人は常人
感謝をする人は伸人である

무슨 일이든 자신의 의지로 맞서라
삶이 충실해진다

📖 산책

'뜻이 있는 곳에 길이 있다'는 말이 있습니다. 꿈이 있는 사람은 자기 일에 최선을 다하게 되고 충실한 삶으로 인해 성공 확률도 높습니다. 많은 장애물과 험난한 과정을 자신의 의지로 하나하나 극복해 나가다 보면 꿈은 점점 다가오고 선명해질 것입니다.

비록 꿈을 이루지 못할지라도 힘든 과정을 이겨 내는 것만으로도 자신에 대해 긍지를 느낄 수 있고 자존감이 높아지고 삶이 풍부해집니다.

いかなる事においても *自分の意志で取り組め*
充実感がある

매사에 봉사하는 마음이 있으면
충실한 인생이 될 거야

📖 산책

인생 제2막을 봉사하며 살았던 배우 오드리 헵번은 "당신이 더 나이가 들면 손이 두 개라는 것을 발견하게 될 것이다. 한 손은 자신을 돕는 손이고, 다른 한 손은 다른 사람을 돕는 손이다"라고 했습니다. 봉사하는 손이야말로 참으로 아름답습니다.

세상을 바꾸는 커다란 힘 중의 하나는 타인을 위해 봉사하는 것입니다. 아무런 대가를 바라지 않고 순수한 마음으로 봉사하면 기쁨과 보람이 선물로 주어집니다.

どんな事でも奉仕の心が有れば
充実した人生となる

후대 사람들에게까지 감사받아야
비로소 깨달음의 길이라 할 수 있어

 산책

인간의 생명은 유한하지만, 한 세대는 다음 세대로 이어지고, 또 그 다음 세대로 이어져 역사가 됩니다.

후대 사람들에게 부끄럽지 않으려면 어떻게 살아야 할까요? 당장 눈앞에 보이는 성과에 집착할 것이 아니라 미래를 내다보는 혜안을 가지고 하늘의 도리를 따르며 행동하고 실천해야 합니다.

그래야 후대 사람들이 조상에게 감사하며 본받고 따를 것입니다. 판단은 후대 사람들이 합니다. 그 판단을 무겁게 생각하며 오늘을 제대로 살아내야 하겠습니다.

後から来る人達に
感謝されてこそ悟り道と言える

단 한 번이라도 좋으니
세상을 위해서 최선을 다해봐
좋은 날이 올 거야

📖 산책

우리의 삶은 유한하므로 더욱더 최선을 다해 살아야 합니다. 그 최선이 자신의 행복을 위하는 동시에 세상을 조금이라도 더 좋게 만드는 데 보탬이 된다면 더할 나위 없을 것입니다.

주변의 작은 일부터 관심을 가져보면 어떨까요. 한 사람의 힘은 미약하지만 모이면 큰 힘이 되니까요. 자신이 조금이나마 세상에 도움이 되는 존재라는 긍지를 가질 수 있다면 우리의 삶은 훨씬 빛나고 아름다워지겠지요.

一つでもよい 世の中の為に尽くせ
いい日が来る

감사의 마음을 잊어버리면
불행을 초래하는 법칙이 있음을 알라

 산책

감사는 우리의 행복을 지키는 강력한 무기입니다.

숨 쉬고, 걷고, 말하고, 새소리를 듣고, 하늘을 볼 수 있는 것에 감사해본 적이 있는지요? 생각해보면 아침에 눈을 뜨는 것부터가 기적이며, 감사해야 할 일입니다.

우리는 감사를 큰 것에서만 찾으려 합니다. 작고 당연한 일에서부터 감사를 찾아보십시오.

감사는 또 다른 감사를 불러옵니다. 일상의 작은 감사 속에는 더 큰 감사를 만들어 내는 기적이 만들어지기 때문입니다.

感謝の心を忘れたら
不幸を招く掟が有るを知れ

부모에 대한 감사는
자신의 성장을 위한 훈련 중 하나이다

📖 산책

'잘 되면 내 탓, 못 되면 조상 탓'이라는 속담이 있습니다.

일이 잘 풀리지 않을 때, 부모 탓을 하거나 원망하는 사람도 있습니다. 그러나 우리는 부모님 덕분에 이 세상에 태어나 사랑도 미움도 아름다움도 느껴보고, 많은 것을 배우고 다양한 경험도 해보게 됩니다. 부모님의 은혜를 절대 잊지 말아야겠어요.

무엇보다도 내 부모님을 감사하게 생각해야 내 삶이 긍정적으로 성장 발전하게 된다는 사실을 명심하고 내 가정에서부터 감사하는 마음 훈련을 합시다.

親への感謝は

自分の成長の為の 訓練の一つである

사회나 타인을 불쾌하게 해서는
복이 찾아올 리 없어

 산책

타인을 존중하고 배려하는 마음이 세상을 아름답게 만듭니다. 《논어》에 '군자화이부동(君子和而不同)'이라는 구절이 있습니다. 군자는 남들과 잘 화합하지만 같지는 않다는 뜻으로, 자신의 중심과 정체성을 지키면서도 남들과 화합해야 한다는 사실을 일깨워줍니다. 남을 위하는 것이 곧 나를 위하는 길입니다. 상대방이 볼 때는 내가 '남'이기 때문입니다. '따로 또 같이' 정신으로 서로 배려하면서 조화로운 세상을 이루어가면 좋겠습니다.

社会や他人を不愉快にして
福神がやって来る訳はなし

사회에 공헌을 해야
사회로부터 도움을 받는다

📖 산책

어느 젊은 호텔 직원이 방을 못 구해 곤경에 빠진 노부부를 자신의 방에 재워주었다가, 나중에 그 노부부에 의해 미국 최고 호텔의 경영인이 된 '조지 볼트'의 일화는 유명합니다. 아무런 대가를 바라지 않고 베푼 작은 일이 엄청난 보상으로 되돌아온 것입니다. 그동안 이타적으로 베풀었던 공로가 되돌아오기 시작하면 시너지가 생기면서 오히려 도움 받으며 성공의 길이 열리게 된다는 좋은 사례입니다. 보답을 바라서가 아니라 순수한 마음으로 선한 일을 베풀기에 힘쓰는 우리가 되었으면 합니다.

社会に貢献出来る人は
社会から助けられる法則がある

말할 수 있는 언어가 있음에
감사한 적이 있는가

 산책

전 세계 인구 80억 명 중에서 5천만 명 이상이 사용하는 언어는 23개밖에 없다고 합니다. 자기 나라 고유의 글과 말이 있다는 것은 참으로 자랑스럽고 고마운 일입니다.

내 마음을 빠르고 정확하게 전달하고 상대방과 소통하는 데 사용되는 말은 인간관계에서 매우 중요한 역할을 합니다.

말 한마디에서도 품격을 느낄 수 있습니다. 아름답고 긍정적인 언어를 사용합시다.

話せる言葉の有る事に
感謝をした事が有るか

◆ 2월 16일

물건을 잡고 글씨를 쓰고
수저를 사용하는 손이 있음에
감사한 적이 있는가

 산책

손은 '제2의 뇌'라고 할 만큼, 뇌의 운동신경 부위 중 30%가 손과 연관이 있다고 합니다.

철학자 칸트는 '손은 밖으로 나와 있는 뇌'라고 표현했지요. 우리는 하루종일 끊임없이 손을 사용합니다. 밥 먹고 세수하고 악수하고 박수도 치며… 만일 이런 중요한 손이 아프다면, 크고 작은 불편은 이루 말할 수 없을 겁니다. 하루에 한 번씩이라도 이렇게 고마운 손을 쓰다듬고 어루만져주어야겠어요.

物が持てる 字が書ける 箸が使える
手に感謝した事が有るか

살아 있다는 사실에
감사한 적이 있는가

 산책

'내가 헛되이 보낸 오늘은 어제 죽어간 이들이 그토록 갈망하던 내일이다.' 살아 있을 수 있기를 그토록 갈망하던 누군가의 내일인 오늘 하루를 어떻게 보내셨는지요? 살아 있는 오늘이 얼마나 축복이며, 감사해야 할 일인지 아프게 깨닫습니다.

내일이면 이 세상에 없을 것처럼, 후회 없는 오늘 하루을 보내야 합니다. 선물처럼, 기적처럼 공짜로 주어지는 하루하루를 감사하면서 뜨겁게 살아야겠습니다.

自分の命の有る事に
感謝した事があるか

◆ 2월 18일

먹고 말하고 맛볼 수 있는
입이 있다는 것에
감사한 적이 있는가

📖 산책

우리가 일상생활에서 너무나도 당연하게 여기고 있는 많은 것들이 모두 감사의 조건이 됩니다.

우리 신체의 모든 부분이 소중하듯이 많은 역할을 하는 입에도 감사해야 합니다.

아침에 일어나 잠들 때까지를 생각해보세요. 만일 하루종일 먹을 수 없고 말할 수 없고 맛볼 수 없다면 어떨까요? 불평불만을 입에 올리겠지요. 단 하루도 견디기 힘들 것입니다. 당연한 것에도 감사하며 오늘을 살자구요.

食べる口 話す口 味わう口の有る事に
感謝した事が有るか

목숨걸고 하라고 흔히들 말하지만
정말로 목숨거는 사람은 없다
정말로 그렇게 해보라

 산책

죽을힘을 다해 일하라, 그러면 성공한다고들 말합니다.

말로 하기는 쉽지만 실제로 그렇게 하는 사람이 적기 때문에 성공하는 사람도 적습니다. 철학자 베이컨은 "현명한 사람은 기회를 찾는 것이 아니라 만들어 간다"고 했습니다. 기회는 기다린 다고 오지 않으며, 찾는다고 보이지도 않습니다.

오로지 준비하는 자에게만 오며, 지금 내가 하는 일에 죽기 살기로 목숨걸고 치열하게 일하는 것이 그 준비입니다.

命がけとよく言っているが
本当に命をかけている人はいない 本物になれ

목숨걸고 투쟁할 가치가 없는 미래를
망상하는 것은 덧없는 일이다

📖 산책

헛된 망상에 사로잡혀 뜬구름 잡는 식으로 일을 하면 대충대충
하게 될 뿐만 아니라 도중에 조그만 문제가 생겨도 쉽게 좌절합
니다. 그 결과 자신에 대한 신뢰가 없어지고 자존감이 사라지고
허무만 남습니다. 가치있는 미래를 신중하게 생각하고 실현 가능
하다고 확신이 생기면, 그때 결사적으로 매달려야 합니다.

나에게도 사회에도 긍정적인 영향을 줄 수 있다면 목숨걸고 도
전할 만한 가치가 있을 것입니다.

命の相撲が出来ない未来を
妄想しては虚しいぞ

숨쉴 수 있는 공기가 있다는 것에
감사한 적이 있는가

 산책

인간의 생존에 꼭 필요한 것은 고맙게도 무료이거나 저렴합니다. 그러다 보니 고마움을 느끼지 못하고 당연하게 생각하는 경우가 많은데 공기가 대표적입니다. 숨을 쉬지 않으면 1, 2분을 견디기 힘든데도 고마운 줄을 모르고 지내지요.

지구에 공기가 없다면 인간을 비롯한 모든 생물이 존재할 수 없습니다. 미세먼지로 온통 뿌옇게 변한 세상을 볼 때면 맑은 공기를 그리워하다가도 돌아서면 잊어버립니다. 맑은 공기를 만드는 일에 동참하고 나부터 실천해야 합니다.

空気の有る事に
感謝をした事があるか

대지가 있다는 것에
감사한 적이 있는가

 산책

우리 삶의 터전인 대지는 인간과 자연이라는 생명의 연결인 만큼 생명의 기쁨이고 소중한 존재입니다. 그런데 인간은 자연의 순리에 따르지 않고 산업화를 진행하며 발전이라는 명분을 앞세워 무분별하게 달려온 대가로 대지는 마침내 지구 온난화로 인한 기상이변과 환경 문제로 몸살을 앓고 있습니다.

인간은 흙에서 와서 흙으로 돌아갑니다. 우리는 대지가 있음을 감사하며 소중히 사용하다 되돌려주고 떠나야 하지 않을까요?

大地の有る事に
感謝をした事があるか

매일 쉴 수 있는 집이 있음에
감사한 적이 있는가

 산책

　종일 수고하고 지친 몸을 발 뻗고 누워 쉴 수 있는 집으로 돌아
가는 귀갓길은 소소한 기쁨이자 행복입니다.

　한솥밥을 먹으며 닮아가는 가족이 있어 더 소중하고 사랑스럽
고 고맙습니다. 오늘 하루 흘린 땀 냄새도 좋고, '알콩달콩 토닥
토닥 쓰담쓰담' 위로와 사랑과 칭찬을 주고받으며 수고와 피곤도
잠재우지요.

　집은 용기와 희망을 얻고 아픔이 치유되는 안식처입니다. 집
을 나설 때, 세상을 향한 발걸음을 다시 힘차게 내딛습니다.

日々の住む家の有る事に
感謝をした事があるか

◆ 2월 24일

볼 수 있고 읽을 수 있는 눈이 있음에
감사한 적이 있는가

📖 산책

'사흘만 세상을 볼 수 있다면 첫째 날은 사랑하는 이들의 얼굴을 보련다. 둘째 날은 새벽같이 일어나 밤이 아침으로 바뀌는 그 전율어린 기적을 보리라. 셋째 날은 사람들이 오가는 평범한 거리를 보고 싶다. 단언컨대, 본다는 것은 가장 큰 축복이다.'

헬렌 켈러의 글입니다. 눈의 고마움을 이보다 더 절절하게 표현한 글이 있을까요. 볼 수 있는 것은 축복입니다. 당연하게 여기지 말고 깊이깊이 감사하며 눈을 아껴야 하겠습니다.

見る目 読む目の有る事に
感謝した事が有るか

일과의 만남에
감사한 적이 있는가

 산책

　매일 판에 박힌 힘든 일을 하더라도 의미를 부여하고 감사로
색칠해보십시오. 똑같은 일이 다르게 느껴질 것 입니다.

　경제적 문제를 해결하고 자신의 성장을 위한 밑거름이 될 수
있는 일이 있음은 고마운 것입니다.

　행복의 비밀은 내가 좋아하는 일을 하는 것이 아니라 내가 지
금 하고 있는 일을 좋아하는 것이라고 하죠. 억지로 일하면 지루
하고 괴롭지만, 돈도 벌고 꿈도 성취해 나간다고 생각하면 일이
즐겁고 행복할 것입니다.

　仕事の巡り合いに
　感謝をした事が有るか

◆ 2월 26일

사람과의 만남에
감사한 적이 있는가

📖 산책

'일기일회(一期一會)'란 말은 지금 만나는 사람을 평생에 한 번밖에 만날 수 없는 귀한 사람으로 생각하고 최선을 다하라는 뜻입니다. 언제 누구를 만나든 평생 단 한 번밖에 만날 수 없다고 생각하면 상대방을 대하는 태도가 달라질 것입니다.

인간은 사회적인 동물인 만큼 혼자서는 살아갈 수 없습니다. 한 사람 한 사람과의 만남을 고맙게 여기며 인연을 쌓아가면 주변에 좋은 사람이 많아지고 인생은 풍부해질 것입니다.

人との巡り合いに
感謝をした事が有るか

일할 수 있는 몸, 건강한 몸에
감사한 적이 있는가

 산책

지혜로운 노인이 가난하다고 불평하는 청년에게 많은 재산이 어디 있는지 알려준다며 "자네의 두 눈을 나에게 주면 자네가 갖고 싶은 것을 다 주겠네"라고 말했습니다. 청년은 두 눈은 절대로 줄 수 없다고 거절하자, 노인이 "그럼 두 손을 나한테 주면 금덩어리를 주겠네" 이번에도 청년은 두 손도 줄 수 없다고 하자 노인은 "자네는 금보다 더 귀한 두 눈과 두 손이 있지 않나. 이제 자네가 재산이 많다는 걸 알겠지?" 건강한 몸만큼 중요한 것도 없습니다.

働ける体 元気な体に
感謝をした事があるか

내가 사는 나라가 있음에
감사한 적이 있는가

📖 산책

백범 김구 선생은 "내 소원은 완전하게 자주독립한 나라의 백성으로 살아보고 죽는 일이다. 나는 우리 독립 정부의 문지기가 되어도 좋다"라고 하시며 이 나라 자주독립을 뼈에 사무치도록 강조했습니다. 우리들은 내가 태어나 숨쉬고 있는 이 나라. 이 땅에 대한 감사함을 잊은 채, 무디게 살고 있지는 않은지요?

나를 지탱해주는 우리나라, 우리말, 우리글이 있다는 게 얼마나 자랑스러우며, 이 아름다운 나라를 지켜 나가는 게 얼마나 중요한 일인지를 잊지 말아야겠습니다.

住む国の有る事に
感謝をした事があるか

인간에게는 깨달음이라는 무기가 있다
그 순간을 소중히 여겨라

 산책

'깨달음'이란 사물의 본질이나 이치를 깊이 성찰(省察)해서 알게 되는 것을 말합니다. 즉 자신의 부족함을 아는 데서 출발합니다.

과거보다 물질적 풍요는 늘었는데 덜 행복하단 말인가요? 가리고 꾸미고 과장하느라 우리의 삶은 무겁습니다. 나의 부족함을 알고 내 주변의 작은 일부터 다시 살피고 감사함을 깨닫는 그 순간 더욱 노력하고 올바른 방향으로 나갈 수 있습니다. 가치관이 바뀌고, 보이지 않던 것이 보이고, 참 기쁨을 맛보게 될 것입니다.

人間には気付きと言う武器がある
その瞬間を大切にせよ

3월

겸허하게

3월 탄생화 : 벚꽃
꽃말 : 내면의 아름다움

말을 많이 하기보다
자신의 눈으로 꼼꼼히 살펴보라

 산책

다언삭궁(多言數窮)이란 '말이 많으면 자주 곤란한 처지에 빠진다'는 뜻으로 노자《도덕경》에 나오는 구절입니다.

한 번 내뱉은 많은 말은 주위 담을 수 없기에 나중에 궁색한 변명하느라 더 비참해집니다. 따라서 자신의 눈으로 직접 살피며 신중하게 말해야 실수가 줄어들고 신뢰를 얻을 수 있습니다.

사람들은 열 마디 말보다 따뜻한 눈빛에 용기를 얻습니다.

多くを語るより
自分の目でじっくりと見定める事だ

◆ 3월 2일

손해니 이득이니 하는 것은
인간의 욕심이 낳은 더러움이다
추한 마음임을 알라

📖 산책

인간의 욕심은 끝이 없습니다. 과거보다 물질적으로 훨씬 풍요로워졌는데도 욕심을 버리기는커녕 욕심이 더 많아졌습니다. 절대로 손해 보지 않으려고 하는 이기심에서 욕심이 생기겠지요.

손익을 따지며 너무 계산적으로 살면, 몸에 달라붙는 때처럼 욕심이 덕지덕지 붙습니다.

이기적으로 살자니 내 마음이 불편하고 이타적으로 살자니 나만 손해 보는 것 같아서 계산하고 또 계산하며 손익을 따져본 내 마음이 부끄럽게 느껴지는 순간입니다.

損とか得とかは 人の欲が生んだ垢である
醜い心と知るべし

이해득실만 따져서는
세상이 바로잡히지 않는다
참마음을 키워라

 산책

인간은 원래 이기적인 동물입니다. 자신의 이익은 극대화하고 피해는 최소화하는 쪽으로 행동하기 마련입니다. 모든 인간이 자신의 이기적 행동을 합리화하고 정당화하려 들면 세상은 어떻게 될까요. 이기심이 시키는 대로 행동하면 세상은 점점 더 어지러워질 뿐 절대로 바로잡히지 않습니다.

나의 존재, 내가 가진 재산, 지식, 기술, 봉사 등 내가 할 수 있는 것에 진심을 다해 베푸는 참 마음이 자신의 성장은 물론 사회의 발전으로까지 이어집니다.

損得では世の中治まらないぞ
尽す心を養え

변명의 뒷맛은 좋지 않다
창피하다는 생각이 들 것이다

📖 산책

"실수에 대한 변명은 그 실수를 한층 더 돋보이게 할 뿐이다."
셰익스피어의 명언입니다. 인간은 완벽하지 않기 때문에 누구나
실수를 저지르거나 실패할 수 있습니다. 구차한 변명은 비겁하게
느껴지기 마련입니다. 중요한 것은 자신의 문제점을 알고 솔직하
게 인정하는 태도로 어떻게 대처하는가입니다.

자신의 실수를 통해 새로운 것을 배운다면 오히려 득이 되고
성공의 열쇠가 될 것입니다.

言い訳の後味の悪さ
恥かしいと思うだろう

잘 보이고 싶은 마음에서 변명이 나오지
가식적인 마음이야

 산책

타인 또는 부모에게 인정받고 싶고 남들보다 돋보이고 싶어하는 욕망을 '파에톤 콤플렉스'라고 합니다. 물론 이로 인해 훌륭한 성과를 올리는 사람도 있지만, 자신의 능력 이상으로 욕심을 부리다 보면 실패와 좌절을 겪기 쉽습니다.

타인에게 인정받는 일에 매달릴수록 삶을 주체적으로 살기 어렵습니다. 상대방 마음에 들기만을 바라며 허울좋게 겉치레하는 삶이 되기 때문입니다. 자신을 있는 그대로 드러낼 수 있는 사람은 자유롭습니다.

気に入られたいが言い訳の種だ
飾り心が言わしているんだ

◆ 3월 6일

칭찬받고 싶어서 변명을 늘어놓는다
허영 가득한 마음이지

 산책

'칭찬 열풍'을 불러 일으킨 《칭찬은 고래도 춤추게 한다》에서, 몸무게 3톤이 넘는 범고래가 멋진 쇼를 펼쳐 보일 수 있는 것은 조련사의 칭찬 덕분이라고 합니다. 칭찬이 긍정적으로 변화시키고 의욕을 불러일으키는 것은 분명한 사실입니다.

그러나 칭찬받고 싶어서 자신을 과대 포장하거나 스스로 치켜세우면 언젠가는 들통나고 수치를 당하게 됩니다. 다른 사람이 나를 알아주지 않는다고 조급해하지 말고 최선을 다해 갈고닦는 것이 중요합니다. 능력이 뛰어나면 저절로 드러나기 마련이니까요.

褒められたいが 言い訳になるんだぞ
奢り心じゃ

인간은 만족하는 마음이 없으면 욕심만 드러난다

 산책

'남의 떡이 커보인다' '말 타면 종 부리고 싶다' 등 사람의 욕심을 경계하는 속담입니다. 욕심을 부리다가 낭패를 당하고서도 욕심을 버리지 못하는 것이 인간입니다.

부유해도 사치하면 턱없이 부족함에 갈증을 느낄 테고, 가난해도 알뜰살뜰 절약하면 오히려 넉넉하기까지 합니다.

이렇듯 적게 소유하면 자유롭고 가볍습니다. 지금 가진 것에 감사하고 만족하는 사람은 행복합니다.

人間足りる心がないと
欲心ばかりが出張って来るぞ

어려운 문제일수록 구체화하라
해결의 실마리가 보인다

📖 산책

살다 보면 어려운 문제에 맞닥뜨리는 경우가 있습니다. 이때 해결할 방법이 없으면 회피하고 싶어지기도 합니다. 그러나 대책 없이 피한다고 될 일이 아니기 때문에 원인을 분석하고 해결책을 찾는 것이 중요합니다.

신은 우리에게 많은 어려움을 주지만 그 안에 해답도 함께 넣어서 준다고 합니다. 어떤 시련과 어려움이 닥치더라도 삶의 과정으로 여기고 받아들이며, 구체적인 원인을 찾아 작은 것부터 풀어나가면 의외로 해결의 실마리가 보일 것입니다.

いかなる難題でも具体化してみろ
解決の糸口がみつかる

화가 날 때는 얼굴이 굳어져 있지 않은지 거울로 잘 살펴보라

 산책

화가 나면 거울 앞에 서서 자신을 바라보십시오. 무섭고 험상 궂은 얼굴이 자신을 쏘아보고 있을 것입니다. 자신이 보기에도 흉한 얼굴을 다른 사람들이 좋아할 리가 없지요. 화가 머리끝까 지 치밀어 올랐을 때는 거울을 보는 것이 특효약이라고 합니다.

'거울 앞에 서서 웃어보십시오.' 웃을 일이 없는데 어떻게 웃느냐 고요? 억지로라도 웃어야 웃을 일이 생기고 일이 잘 풀립니다. 화 도 자주 내면 습관이 되듯이, 자주 웃으면 웃음도 습관이 됩니다.

怒った時は顔がひきつっていないか
鏡でよく見てみろ

◆ 3월 10일

게으름을 노력으로 극복하라
세상에 마음을 전하는 길이다

📖 산책

세상은 게으름을 기다려주지 않습니다. 5분만 더 자려다가 지각하고, 10분만 더 휴대전화를 만지다가 밤을 지새웁니다. 좀 더 자고, 좀 더 놀아도 당장은 큰 문제가 없어 보이지만, 나중에는 돌이킬 수 없는 상태에 빠지게 되지요.

게으름의 씨앗을 심으면 후회와 가난을 거두게 됩니다. 내일부터 달라지겠다고 미루지 마십시오. 승리의 여신은 노력을 사랑합니다. 노력하면 성취감과 자신감이 선물로 돌아올 것입니다.

怠け心を努力に切り替えろ
世の中に思いが通じる道だ

큰소리치기 전에 미리 화를 다스려라
삶이 평온해지는 비결이다

 산책

인간은 사회적 동물이므로 다양한 사람들과 관계를 맺으면서 살아갑니다. 또한 감정의 동물이기 때문에 뜻대로 되지 않을 때면 화를 내기도 합니다. 게다가 화를 참지 못해 함부로 말을 내뱉고 나면 상대는 물론이고 자신도 상처를 받습니다. 결국은 인간관계에 금이 가고 행복한 삶과 멀어집니다.

화내는 것도 습관입니다. '한때의 분함을 참으면 백 날의 근심을 면한다.' 《명심보감》에 나오는 말입니다. 화를 다스릴 수 있으면 삶이 평온해집니다.

怒りは声を出す前に気を付けよ
治まりの術なり

성공한 사람은 게으름을 모르며
노력을 아끼지 않는 사람이다

 산책

성공한 사람들의 공통점은 머리가 좋고 운이 좋아서가 아니라 꾸준히 자신의 능력과 역량을 만들어 갔던 것입니다. 그리고 어려운 환경 속에서도 각고의 노력 끝에 이루었다는 점입니다.

어느 한 분야에서 내로라하는 사람이 되려면 우선 끈기 있게 적어도 10년 이상을 꾸준히 노력해야 합니다. 먼저 뜻을 세우고 보다 나은 내일을 위해 오늘의 불편함을 견디고 열정과 인내로 자신의 잠재력을 꽃피워보십시오.

成功者は怠ける事を知らない
労を惜しまない人だ

작은 분노가 나라까지 집어삼킨다
분노는 무서운 악마다

 산책

치밀어오르는 화를 다스리지 못하고 잘못된 말이나 행동을 한 후, 그것을 수습하지 못해 낭패를 당하는 사람들을 많이 봅니다.

히틀러가 제2차 세계대전에서 패망한 근본 원인은 화를 잘 내는 성격 때문이라는 말도 있습니다. 모든 잘못된 일은 작은 분노에서 시작됩니다. 분노가 쌓이면 나와 가족, 그리고 타인까지도 피해를 주게 되므로 스스로 통제해야 합니다.

숫자를 세는 것도 좋고, 신체활동을 하거나 음악을 듣는 것도 좋습니다. 자신만의 분노 해소 방법을 찾기 바랍니다.

小さな怒りが国まで食している
恐ろしい悪魔だ

◆ 3월 14일

인간이란 얼마나 욕심쟁이인가
그 욕심이 고통의 주범이다

 산책

'아흔아홉 가진 사람이 하나 가진 사람에게 백을 채워달라고 한다'는 속담이 있습니다. 지혜로운 듯하나 욕심 많은 존재가 인간입니다. 당장 필요하지 않아도 자기 분수에 넘치게 탐하고 욕심부리다가 채워지지 않는 사치한 마음 때문에 고통을 받습니다.

이제 욕심의 방향을 바꾸어야 합니다. 긍정적인 욕심은 인류 발전의 원동력이 됩니다. 남을 유익하게 하는 욕심, 세상을 아름답게 만드는 욕심은 부릴수록 좋습니다.

人間って 何と欲張りなんだろうと思わないか
この欲張りが苦しみの犯人だ

문제나 잘못은 욕심에서 나오지
그것을 깨달으면 수정할 수 있어

 산책

'바다는 메워도 사람의 욕심은 못 메운다'는 속담이 있습니다. 끝이 없는 인간의 욕심을 통제하고 절제하지 않으면 화를 부르게 됩니다. 어떻게든 남보다 앞서려고 아등바등하다 보면 마음의 평화는 사라집니다. 자신의 처지에 만족하지 못하고 불평불만만 가득차게 되지요.

마음의 병이 밖에서 온 것이 아니라 자기 스스로 만들었다는 사실을 깨달으면 진실로 가치 있는 게 무엇인지 알 수 있을 것이고, 마음에 평화가 찾아올 것입니다.

問題や間違いは欲心から生まれる
それに気付けば修正する事が出来る

화는 상대하지 않는 게 좋아
저절로 사라지지

 산책

'화를 내면 지는 것입니다.' 화를 냈을 때 상대방에게 상처를 주는 것 같지만 사실은 자기 자신이 더 큰 상처를 입습니다.

화를 다스릴 자신만의 방법을 찾아서 정서적 안정과 편안함을 가져야 합니다. 맛있는 것을 먹고 산책하든지, 잠시 그 자리를 피하거나, 화를 낸 이후의 상황을 상상해보는 것도 좋다고 합니다.

특히 평소에 꾸준히 운동하는 것을 추천합니다. 화가 났을 때 운동 속으로 대피하면 화도 풀고 건강에도 도움이 되니 그야말로 일석이조입니다.

怒りは相手にしない方がよい
自然に消えて行く

탐욕의 왕관을
기회만 있으면 쓰려고 하네
신세를 망치는 덫인 줄도 모르고

 산책

인간의 본능인 욕심이 없었다면 인류의 생존 자체가 어려웠을 것입니다. 다만 그 욕심이 너무 지나쳐서 문제가 생겼지요.

《그리스·로마 신화》에 나오는 이카로스의 날개처럼 자신의 능력을 과신하고 욕심부려 파멸하는 경우를 흔히 보게 됩니다.

욕심의 덫에 걸려 삶의 올가미에서 빠져 나오지 못하면 이성을 잃게 만들고, 진정한 행복에서 멀어지게 되지요. 가볍고 자유로워지기 위해 버리는 연습이 필요합니다.

貪り冠り 何かにつけて 被ってしまう
身を亡ぼす冠りだ

인간은 자기도 모르게 화내는
습성을 지니고 있다
인생의 발목을 잡는 덫이거늘

📖 산책

자신의 마음에 들지 않으면 순간 우발적으로 화를 내거나 폭력적으로 변하는 사람이 있습니다. '갑질' 사건도 끊이지 않고, 무고한 시민에게 느닷없이 분노를 폭발시키는 '묻지마 범죄'도 일어납니다. 그 결과 자신은 물론 타인에게도 치명적인 피해를 주는 일이 많습니다.

분노를 조절하지 못하고 화를 자주 내면 건강에도 좋지 못하고 행복이 멀리 도망갑니다. 분노가 자기 인생의 발목을 잡는 일이 없도록 해야 합니다.

人はつい怒りと言う冠りを被ってしまう
人生の足を引っぱる冠りだ

사람에게는 질투라는 게 있다
그 속에 빠져 있지는 않은지
잘 살펴보라

 산책

자존감이 낮은 사람일수록 자신의 상황에 감사와 만족을 느끼지 못하고 남과 비교하면서 시기와 질투심으로 괴로워합니다.

그럴 땐 인간의 능력이나 주어진 삶이 각기 다르다는 사실을 알아차리고, 있는 그대로의 자신을 받아들여야 합니다. 그리고 자신의 가치를 찾고 인정하면 됩니다.

'나는 다른 사람에게 없는 나만의 특별한 것을 갖고 있어, 괜찮아' 하고 넘길 수 있는 여유와 자존감을 높이는 것이 좋습니다.

人の冠りに嫉妬と言うものが有る

溺れていないか よく調べてみよ

인간은 어떤 습성에 빠져 있을까
아쉬움의 왕관을 쓰고 있지는 않은가

📖 산책

인생은 후회의 연속입니다. '그때 그렇게 하지 말아야 했는데…' '공부를 더 열심히 해야 했는데…' '부모님께 좀 더 잘해드릴 걸…' 등등. 이미 잘못된 뒤에 아무리 후회해도 다시 어찌할 수가 없지요.

그러나 아쉽고 애석한 심정에만 빠져 있지 말고 현재에 충실하고 우선 있는 그대로의 자신을 사랑합시다. "괜찮아, 잘 될거야. 희망을 갖고 앞으로 달리는거야"라고 날마다 긍정의 목소리로 자신을 세뇌하면 괜히 즐겁고 자신감이 생길 것입니다. 아쉬운 만큼 더 열심히 달리는 당신을 응원합니다.

人はどんな冠りに溺れているのだろう

惜しみの冠りは被っていないか

지위나 명예는 모자 같아서
벗으면 누구 것인지 알 수 없어

 산책

'정승 집 개가 죽으면 문상을 가도, 정승이 죽으면 문상 가지 않는다'는 속담이 있습니다. 사람들은 권력 앞에서는 아첨을 하지만 권력이 없어지면 돌아다보지 않는다는 세상 인심을 비유적으로 이르는 말이지요. 반면에 진정으로 존경받는 인물은 후세까지 영원히 기억될 것입니다.

당신은 혹시 부와 명예, 지위나 권력에 너무 집착하고 있지는 않은지요. 벗으면 누구의 것인지 알 수 없는 모자에 집착하지 말고 참 자아를 찾아야겠습니다.

地位や名誉は帽子と同じで有る
脱いだら誰の物か解らない

역경과 고난은 인생의 특효약
온 마음으로 싸우라

📖 산책

근심 걱정 없는 삶이 있을까요? 역경과 고난이 닥쳤을 때 절망한 나머지 대책 없이 손 놓고 있으면, 그 무엇도 해결되지 않습니다. 걱정거리를 다른 관점에서 바라보고 긍정적이고 유연한 사고로 대처해 나가면 극복할 수 있습니다.

고난을 잘 싸워서 이긴 사람은 그 고난이 삶의 특효약이자 큰 스승이 될 것입니다. 실패하더라도 좌절하지 말고 두려워하지 마십시오. 강한 의지로 싸워 이겨서 얻은 자신감과 성취감이야말로 우리의 인생을 빛나게 하는 훈장입니다.

困難と苦難は人生の特効薬だ
心して闘え

험담도 나쁘나 뒷담화는 더 나쁘다
결국은 자신의 적이 된다

 산책

남을 험담하기 좋아하는 사람일수록 자신의 잘못은 깨닫지 못하는 일이 많습니다. 상대방 앞에서는 듣기 좋게 꾸며서 말하고 뒤돌아서서는 험담을 늘어놓는 일은 특히 삼가야 합니다. 품격 없는 언행이며 그 순간에는 속이 후련할지 몰라도 험담도 뒷담화도 그리고 칭찬도 돌고 돌아 자신에게로 옵니다.

남을 험담하는 사람과는 거리를 두고, 칭찬을 많이 하는 사람과 선한 인간관계를 맺으십시오. 그래야 자신의 품격이 높아집니다.

悪口は良くないが陰口はもっと悪い
やがて自分の敵になるぞ

풀 수 없는 문제를
풀려고 하는 것이 집착이다
"모른다"고 말할 수 있는 용기를 가져라

📖 산책

'아는 것을 안다고 하고, 모르는 것을 모른다고 하는 것, 이것이 곧 아는 것이다.' 공자 말씀입니다. 그러나 실상 아는 것을 모른다고 하는 사람은 거의 없으며, 모르는 것도 안다고 하거나, 모르는 것을 모른다고 하지 않는 사람이 훨씬 많습니다.

모르는 것은 부끄러운 일이 아닙니다. 모르면서 아는 척하거나 모르면서도 배우지 않는 것이 부끄러운 일입니다. 모를 때는 모른다고 정직하게 말하고, 배워서 아는 것이 진정한 용기입니다.

解けない事を 解きたくなるのがこだわりだ
「わからん」の勇気を出せ

집착은 인간의 망념이다
있는 그대로를 받아들이라

 산책

인간은 사소한 일에 집착하는 경향이 있습니다. 사랑, 돈, 명예 등에 집착하면 고뇌와 불행이 시작됩니다. 지나친 집착은 망념으로 이어지고 자신을 가두는 감옥이 됩니다.

행복의 핵심은 내 마음에 달려 있어요. 나를 수용하고 인정하면 물 흐르듯 자연스럽게 평온이 찾아옵니다. 틀을 만들어 놓고 그것에 매달리지 마십시오. 놓아버리는 연습이 필요합니다. 집착에서 해방되어야 자유와 평화를 맛볼 수 있습니다.

執着心は人間の垢だ
有りの儘を受け入れてみよ

◆ 3월 26일

과거는 지나간 것, 되돌아오지 않는다
언제까지나 마음에 두지 말라

📖 산책

'지나간 슬픔에 새로운 눈물을 낭비하지 말라.' 고대 그리스의 에우리피데스의 말입니다. 과거에 했던 실수, 실패, 수치, 잘못, 아픔 등을 떠올리며 괴로워하는 것은 바람직하지 않습니다. 또 과거의 찬란한 영광에만 매달려 꿈을 꾸는 것도 아무 소용이 없습니다. 지난 일은 잊어버리고 새로운 내일을 향해 나아가십시오.

중요한 것은 '지금, 이 순간'입니다. 지금을 사랑하고 소중히 여기며 감사하는 마음으로 아름답게 살기 바랍니다.

過去は済んだもの 返って来ないもの
何時までも心にとめるな

사람들은 누군가에게
의지하려는 마음이 있다
이는 올바른 길이 아님을 알라

 산책

세상을 살다 보면 혼자 힘으로는 감당할 수 없는 벽에 부딪치기도 합니다. 그럴 때면 누군가를 의지하고 싶어집니다.

남을 의지하면 우선은 편할지 모르지만 일의 잘못되었을 경우, 남을 탓하고 원망하게 됩니다. 그래서는 스스로 일어설 수 없습니다.

나약한 마음을 이겨내고 새롭게 성장할 수 있는 긍정성을 키워 내 자립을 해야 내 인생의 당당한 주인이 될 수 있습니다.

人間は誰かに頼る心を持っている
これは魂の悪道と知れ

고민하지 않겠다고 다짐해도
그만 고민에 빠져버리지
마음의 종이 되지 말라

📖 산책

《창문 넘어 도망친 100세 노인》에서, 주인공 100세 노인은 생일날 슬리퍼 바람으로 양로원의 창문을 넘어 탈출하여 스페인, 미국, 중국, 심지어 북한까지 다니며 세계의 역사를 뒤바꿔놓는 철학과 모험을 그렸습니다.

주인공의 어머니는 "고민하지 말고 살고 싶은 대로 살아라. 어차피 일어날 일은 일어나게 되어 있고 세상은 살아가게 돼 있다"라고 말합니다. 가끔은 우리의 마음을 창문 너머로 훌훌 자유롭게 여행을 떠나보내는 것도 좋겠습니다.

悩まないと誓っても ついつい悩んでしまう
心の召し使いになるな

자신의 실패를 남 탓으로 돌리는 것은
추락의 근원임을 알라

📖 산책

실패했을 때 대처하는 방법은 사람마다 다릅니다. 실패를 남 탓으로 돌리고, 핑계를 대면서 주저앉는 사람이 있는가 하면, 자신에게 문제가 있음을 인정한 다음 원인을 분석하고 이를 경험 삼아 앞으로 나아가는 사람도 있습니다.

무엇보다 자기 자신에게 정직해야 합니다. 실패의 원인이 어디에 있는지 본인이 가장 잘 알기 때문입니다. 실패를 자기 성찰의 계기로 삼는 사람은 추락하던 날개를 다시 펴고 하늘로 비상할 수 있을 것입니다.

自分の失敗を 他人の所為にするは

落ちて行く種と知れ

자신은 쓸모없고
남은 대단하다고 생각하는 사람은
사귀기 어려운 사람이다

📖 산책

남을 높이 평가하는 것은 긍정적이고 아주 좋습니다. 그러나 자신을 남과 비교하게 되면 좌절하고 의기소침해지기 쉽습니다. 비교는 남과 하는 것이 아니라 어제의 나와 해야 합니다.

바로 나 자신이 라이벌이라는 것을 명심하고 자기와의 싸움에서 이겨야 합니다. 즉 '극기'를 통해 나도 쓸모 있고 대단하다는 것을 인정하게 되면 대인관계도 좋아지게 됩니다. 우리 모두 상호존중해 나가는 법을 키워나가야겠습니다.

自分は駄目で 他人は偉いと思う人は
付き合いにくい人である

나도 남도 쓸모없다고 말하는 사람은
성격이 비뚤어지고 어두운 경우가 많다

 산책

사람의 마음을 흔히 밭에 비유하기도 합니다. 우리의 마음 밭에는 기쁨, 사랑, 행복, 희망과 같은 긍정의 씨앗을 뿌려야 좋은 열매를 거둘 수 있습니다. 불평, 절망, 미움, 시기와 같은 부정의 씨앗을 뿌리지 말아야 합니다.

긍정적인 사람은 성공적인 인생을 살 확률이 훨씬 높습니다. 어려움을 당해도 다시 일어설 수 있으니까요. 마음 먹기에 따라 우리 삶이 결정됩니다. 적응해 나가면, 자신은 물론 주변 사람까지 행복해집니다.

自分も他人も駄目だと言う人は
偏屈や根暗が多い

4월

화목하게

4월 탄생화 : 아네모네
꽃말 : 그대를 사랑해

세상과 사람들에게 호흡을 맞춰라
중요한 처세술이다

 산책

빠르게 변화하는 4차 산업 언택트(Untact) 시대에 이미 일상 속에 인공지능(AI), 무인 키오스크가 자리 잡았으며 화상회의, 메타버스 등 신기술이 등장했습니다. 여기서 시대의 변화에 발맞추어 우리 인간이 해낼 수 있는 역할을 고민해야겠습니다.

핵심은 사람입니다. 인간관계 속에서 원활한 의사소통과 창의적인 사고로 새로운 문화를 수용하고 세상과 호흡을 맞춰나가는 것이 능동적인 처세술이 될 것입니다.

世の中にも 人さまにも呼吸を合わせろ
大事な処世術だ

인연이라는 소중한 끈을 갈고닦아라
말은 단 한마디로 통한다

산책

"어리석은 사람은 인연을 만나도 몰라보고, 현명한 사람은 옷깃만 스쳐도 인연을 살려낸다." 피천득 시인의 〈인연〉에 나오는 말입니다. 내게 다가온 인연을 소홀히 하여 훗날 아쉽게 되었을 때, 나중에 애석해한들 무슨 소용이 있겠어요? 의미 없는 만남과 소홀히 대할 인연이란 없기 때문입니다. 어떠한 인연이든 첫 만남이 시작이기에 소중히 합시다.

따뜻한 인연은 서로가 눈빛만 보아도 통할 것이고, 짧은 말 한마디가 위로가 되고 힘이 될 수 있습니다.

絆という大切な心の網を常に磨け

話しは一言で通じる

손익을 생각하니까
다툼이 생기는 거야 삼가야 해

 산책

흔히들 손해 보는 장사는 절대로 하지 않는다고 하지요.

남는 장사인지, 밑지는 장사인지 이렇게 이득에만 집착하면 고통과 다툼이 찾아오게 됩니다. 이해관계에 얽힐수록 감정 소모가 심해지게 되고 마음이 평안하지 못하여 결국에는 부담으로 다가와서 몸까지도 상하게 될 수 있습니다.

가끔은 가던 길을 멈추고 이타적인 삶으로 방향을 전환해보면 어떨까요. 나중에 후회한들 소용없으니 지혜롭게 너그러운 마음으로 살아갑시다.

損得で考えるから
争いになるんだ 慎むべし

◆ 4월 4일

이해타산으로 부부가 성립하는가
부모자식도 마찬가지다

📖 산책

사랑으로 맺어진 부부와, 태어나면서 혈연으로 맺어진 부모와 자식은 '가족'입니다. 가족이라는 운명은 결코 이해타산으로 얽힌 관계가 아니지요. 그러기에 삶의 굴레 속에서 걱정거리가 되어짐으로 느껴질 때도 있고, 조건 없이 사랑하는 울타리 안에서는 무조건 용서도 가능합니다.

한 지붕 밑에서 사랑과 혈연으로 엮어진 끈은, 이해를 초월한 관계이기 때문에 고단한 삶에 지쳤을 때 돌아가서 편히 쉴 수 있는 안식처가 되기도 합니다.

損得で夫婦が成り立つかい
親子も同じだ

공동(共同)·공명(共鳴)·공관(共観)·공력(共力)
모두 성장을 위한 힘이다

 산책

'인간은 사회적 동물'로서 다른 사람들과 관계를 유지하고 함께 어울리는 존재입니다.

인간은 공동(共同)의 장(場)을 바탕으로 의사소통하며 생각의 차이를 좁혀 나갈 때, 시너지 효과가 나오게 됩니다. 서로에게 힘을 받아, 그다지 힘들이지 않고도 일의 능률이 몇 배로 돌아온다는 공명(共鳴)의 법칙이 적용되고, 소통하는 가운데 공감과 공관(共観)이 형성되어 공력(共力), 즉 협력이 이루어질 것입니다.

세상과 조화를 이루며 자신의 성장을 도모해야겠습니다.

共同 共鳴 共観 共力
いずれも伸びる力と知れ

경청하는 귀는 화합의 큰 요소다
사람들이 모여들게 되지

 산책

"다른 사람의 이야기를 잘 들어주면 인생의 80%는 성공한다"
는 카네기의 명언처럼 좋은 관계는 경청에서부터 시작됩니다.

'들어주는 귀가 있어 말하는 입이 즐겁겠지요.' 따라서 화합하
는 마음이 생기고 즐거움과 화목함으로 행복을 누릴 수 있을 것
입니다.

올바로 들어줄 줄 알면 공감도 커지고 게다가 미처 듣지 못했
던 마음의 소리까지 훤히 들을 수 있으니까요. 그리고 그곳으로
많은 사람들이 모여들게 마련입니다.

聞く耳は和の大元素なり
人が集って来る

부탁한 사람에게는 답을 하라
신뢰의 근본이다

 산책

　살면서 누군가에게 부탁할 일도 많고, 부탁받는 일도 허다합니다. 물론 가능하다면 흔쾌히 도와주어야 하겠으나 부득이하게 도울 수 없는 상황도 있지요. 인정상 거절 못하고는 나중에 낭패를 당하기보다 제때에 거절하는 것도 좋은 배려가 될 것입니다.

　이때 관계가 소원해지지 않고 좋은 관계를 유지하기 위해서는 어렵게 부탁한 상대방이 서운하지 않도록 그 입장을 배려하며 정중하게 답변을 주는 것도 상대방을 위하는 길이라고 봅니다.

物事を頼んだ人に返事は返せ
信頼の基

◆ 4월 8일

변명은 자기중심주의에서 나온다
상대방 입장에 서라

 산책

'핑계 없는 무덤이 없다'는 말은, 잘못을 저지르고도 그 나름의 이유가 있다는 뜻이겠지요. "99%의 실패는 습관적으로 핑계를 대는 사람들에게서 생긴다"고 조지 워싱턴은 예리하게 지적하고 있습니다. 본인의 실패나 잘못된 행동을 정당화하기 위해 그럴싸한 핑계를 대고 변명을 늘어놓는 행위를 자기합리화라고 합니다.

자기중심적인 잘못된 생각과 습관을 바꾸는 마음 훈련은 상대방의 입장에서 낮은 자세로 서서 다시 한 번 생각해보는 역지사지(易地思之)의 지혜가 필요할 것입니다.

言い訳は自分主義から生まれる
相手の立場に立て

깨우침은 인간이 가진 특권이지
늘 이 특권을 사용하며 전진하라

 산책

자신의 삶을 소중히 여기는 당신, 치밀한 계획과 철저한 자기 관리로 열심히 사는 것만이 답이라고 생각하시나요?

만약 행복감보다 압박감으로 자신을 괴롭히고 있다는 것을 알아차렸다면, 자신을 느슨하게 놓아주는 마음 훈련을 합시다.

일상 속의 작은 깨우침을 소중하게 여기며 다소 부족하더라도 진정 평온한 마음으로 살아가는 것이 좋겠어요.

그 무엇인가에 쫓기는 마음을 툭 놓아버리고 눈 감고 고요하게 하는 명상은 지혜로운 수행이 될 것입니다.

気付きは人間の持つ特権だ
常に使って前進せよ

자유란
어떠한 일에도 흔들림 없는 마음을 말하지
화합을 이루는 진정한 힘이 된다

📖 산책

'자유'란 어떠한 힘든 일에도 동요되지 않는 평상심을 말합니다. 즉흥적으로 자기 멋대로 하는 '방종'과는 구분되어야겠어요.

자유로운 평상심은 서로 화합하는데 강력한 힘을 발휘합니다. 자존감이 높은 사람은 남과 비교하지 않으며 또 비교당하지도 않기에 평상심을 유지할 수 있습니다. 굳이 남을 이기려고 하지 않기 때문에 유연한 마음으로 화합할 수 있지요. 이렇게 한다면 항시 흔들림 없이 뜻하는 대로 순조로울 것이며 하루하루가 좋은 날이 될 것이라고 예감해봅니다.

自由とは いかなる事にも 揺るがない心を言う
和の真力なり

인내심은
인간의 매력을 만든다
바로 수련하는 길이지

 산책

당신, 지금 당장 성과가 나오지 않는다고 자책하고 있나요?

"인내할 수 있는 사람은 그가 바라는 것은 무엇이든지 손에 넣을 수 있다"고 벤자민 프랭클린은 말합니다. 무슨 일이든 성급하게 서두르다가 실수하고 실패합니다.

당장 눈앞에 있는 결과보다는 인내하는 과정을 소중하게 여기며 참고 견뎌보세요. 당신의 능력이 보람으로 나타날 것입니다. 인내하고 감당하는 마음이야말로 사람다운 매력을 만드는 길이며 수행하는 길입니다.

耐える心は人間道の魅力づくりだ
修練である

◆ 4월 12일

상대방의 입장을 서로 이해하고
사이좋게 지내는 것이 진정한 동료이다

📖 산책

진정한 동료란 본인에게 주어진 일을 잘하면서도 상대방을 이해하고 주변에 선한 영향력을 미치는 사람입니다.

나, 동료, 회사가 함께 발전하기 위해 현실에 안주하지 않고 노력하는 사람, 이런 사람과 함께 일하면 정말 행복할 것입니다.

게다가 남의 잘못에 관용도 베풀 줄 알고, 또 기대하는 마음에서 어긋나더라도 서운해하지 않도록 아량까지 베푼다면, 존경받는 사람이 될 것입니다. 원만한 대인관계를 유지하려면 이타적인 사고와 공감 능력이 좋아야 하겠습니다.

人はそれぞれの立場を理解しあって
仲よきが本当の仲間だ

말 한마디로
친구가 늘기도 하고 적도 만든다
마음의 수행이다

📖 산책

'말 한마디로 천 냥 빚을 갚는다'는 말처럼 말 한마디가 인생을 바꾼다고 할 수 있습니다.

'침묵은 금'이란 속담이 경청의 중요성을 표현하고 있다면, 진심을 담은 말은 '다이아몬드'의 가치가 있다고 봅니다. 이렇듯 효과적인 언어 표현은 언제 어디서나 마법의 힘을 가지고 있습니다.

진정성 있는 말 한마디는 그냥 저절로 나오지 않습니다. 평소에 심성을 기르고 마음의 수행을 꾸준히 하였을 때 비로소 바른 인성으로 표현되는 것입니다.

言葉一つで 仲間が増えるし 敵もつくる
心の学びだ

도움은 최대의 조력자다
한 번 믿어 봐 마음이 편해지지

📖 산책

내가 곤란에 처했을 때, 말없이 묵묵히 거들어주는 사람에게 도움이 되지 않는다고 투정부린 적은 없는지요. 그러나 내 인생을 엇나가지 않게 든든한 버팀목이 되어서 붙잡아주는 사람이야말로 참된 조력자가 아닐까요? 사람들은 보통 어려움에서 벗어나고 마음이 안정된 다음, 뒤늦게 감사하다는 사실을 깨닫지요.

평소 가까이에서 넘치는 도움을 받고 있어도 미처 알아차리지 못했다면, 이제라도 그 값진 도움을 믿고 따르며 좋은 모습을 보여드리는 것이 보답하는 길이라고 생각합니다.

手伝いは最大の助っ人だ あてにしてみろ
気が楽になる

일에서 벗어나 기분이 후련해져도
남에게 폐가 된다면 그것은 죄

 산책

내가 마땅히 할 일을 외면한다면, 내 가정을 비롯하여 내가 속해 있는 사회 공동체는 어떻게 될까요? 누구보다도 내 주변 사람이 편치 못할 것입니다. 나 편하자고 주변 사람들을 힘들게 해서는 안 되겠습니다. 여기서 겸손한 태도로 '배려와 양보'가 묻어나는 지혜를 짜내면, 관계가 더 좋아지고 친밀감을 나누며 행복해질 겁니다.

나만 일에서 해방되었다고 마음이 홀가분해질까요?

'남을 배려하고 폐를 끼치지 않는 행동을 합시다.'

離れる事で気持ちがせいせいしても
人に迷惑をかけたら罪

남을 추켜세워라
그러면 자신이 돋보이게 된다
성공한 사람들의 법칙이지

산책

지금의 성공을 일궈낸 주인공이 '바로 나'라며 스스로 드러내기는 쉬워도 남을 인정하고 칭찬하며 추켜세우기는 쉽지 않습니다. 스스로 뽐내는 자는 공로가 없게 됩니다. 주변의 '도움으로' '덕분에' 해낼 수 있었다고 말해보세요.

다른 사람을 돋보이게 만들면, 많은 사람들의 마음을 얻게 마련입니다. 그래서 성공할 확률이 높아지게 됩니다. 상대방을 인정하는 태도야말로 오히려 자신의 존재 가치가 자연스럽게 돋보이게 되지 않을까요?

他を立てよ

さらば自分が立つ 成功者の法則だ

자기중심으로 돌아가는 세상은
어디에도, 하나도 없다

 산책

어렸을 때는 무엇이든 자기중심으로 인식하고 행동하지만, 성장하면서 점차 타인의 존재를 의식하고 그 입장을 헤아릴 줄 알게 됩니다. 그러나 성장해서도 여전히 자기 세계에 갇혀 자신밖에 모르는 이기적인 사람을 '사스퍼거(소셜 아스퍼거 Social Asperger)'라고도 합니다. 최소한의 예의조차 없는 이기적인 사람을 반기고 환영해주는 곳은 이 세상 어디에도 없지요.

반면에 상대방을 존중하고 작은 것이라도 배려할 줄 아는 사람은 누군가에게 오래도록 아름다운 사람으로 기억될 것입니다.

自己中心で廻っている世の中は
何処にもない 一つとしてない

인간 사회는 예의에서 시작한다
그래서 인사가 있다

 산책

인사(人事)란 상대에 대한 존중과 감사의 표현으로 인간관계의 첫걸음이고 사람이 마땅히 해야 할 일입니다.

"안녕하세요?" 내 쪽에서 먼저 환한 얼굴로 아침 인사를 건네 보세요.

밝은 인사는 나 자신이 즐겁고, 인사하다 보면 자신도 모르게 마음의 여유가 생기고 더욱 원만한 인간관계가 지속되어 나갈 것입니다. 또 서로 주고받는 작은 인사말에도 대단한 영향력이 있다는 사실을 명심하세요. 인사만 잘해도 성공합니다!

人間社会は礼儀から生まれる
だから挨拶が有る

쓸데없는 수다에 힘쓰지 말고
화합을 만들어 내는 데
그 힘을 쏟아보면 좋을 것이다

📖 산책

수다란 자잘한 작은 일상을 조잡스럽게 두서없이 늘어놓는 것이지요. 주로 자기 자랑이나 남의 험담 등, 쓸데없이 많은 말을 지껄이는 행위는 중독에 가깝기에 자제해야 합니다. 수다떠는 행위는 입소문이 풍문이 되어 불화가 생길 여지가 많으니까요.

쓸데없는 말을 하는 데도 많은 에너지가 필요합니다. 그 에너지를 서로 화합하고 칭찬하는 데 사용한다면 어떨까요?

진심을 나누는 대화는 좋은 운이 따를 것입니다.

お喋りの好きな依存症は 和をつくる事に
置き替えてみたらよい

이득만을 추구하는 길은
삶의 고통의 길이라 생각하라
물질에 의존하지 말라

📖 산책

나만의 이익을 탐하게 되면 남에게는 고통이 따를 수도 있다는 사실을 알고 계신가요? 남과 더불어 잘 사는 사람이 진짜 잘 사는 사람이라고 할 수 있습니다.

오직 물질에만 의존하는 삶은 사회와의 조화를 무너뜨리고 삶의 균형을 잃게 되어 고통이 따르게 됩니다.

최선을 다하여 자신의 성장을 추구하되 남도 이롭게 해야 아름답고 보람된 삶이라 할 수 있을 것입니다. 함께 성장하는 길을 모색해봅시다.

利得の道は 生きる苦しみの道と思うがよい
ものに依存するな

사람은 혼자 살아갈 수 없다
서로 도우며 살아가는 사회에서
경청은 큰 역할을 하지

 산책

인간관계에서 소통의 큰 역할은 경청입니다.

"남에게 호감을 얻고자 한다면 단 한 가지만 기억하라. 그것은 상대방의 이야기를 잘 들어주는 것, 더더욱 신뢰가 쌓여 간다"는 벤자민 디즈레일리의 교훈을 새겨봅니다.

진짜 말을 잘하는 사람들의 공통점은 남의 말을 경청하고 공감을 잘한다는 점입니다. 단순히 듣는 것 이상의 진심을 공유하며 관심과 친밀감을 나누는 마음 열기의 첫 단추가 될 테니까요.

人は一人で生きていない
助け合っての社会である 聞く耳は大きな役目である

사람은 혼자 살아갈 수 없다
상대방의 기분을 이해하는 것이 중요하지

📖 산책

다양함 속에서 제각기 다름을 인정하고 존중하는 태도가 함께 살아가는 소통 매너가 될 것입니다. 무엇보다 상대방의 감정과 기분까지도 받아들이고 공감하는 것이 중요합니다.

예민해진 상대방의 아픔을 온전히 들어주고 그 마음을 헤아리며 "그랬군요" "힘들었겠어요" 등 소소한 표현이나 진심어린 눈빛을 통해서도 상대방은 심리적인 안정감과 큰 감동을 받을 수 있기 때문입니다. 상대방에게 편안하고 우호적으로 관심을 보이고 활력을 불어넣어주는 멋진 당신을 기대합니다!

人は一人で生きていない
人の気持ちを理解する事が大切である

남이 만들어준 식량으로 살고 있지 않은가
매 끼니마다 보시를 받고 있는 거야

 산책

우리가 항시 누리고 있는 고마운 식량, '밥'은 우리들의 체력을 지탱해주는 보배입니다. 평범하게 건네는 안부 인사에서도 "밥은 먹고 다니니?"라는 말 한마디에 각별하게 마음 써주는 세심함을 느낄 수 있습니다. 곰곰이 생각해보면, 지금 우리는 많은 사람들의 땀과 수고로 만들어진 식량을 먹으며 살고 있음에도 불구하고 그 사실을 잊고 지내는 것 같습니다.

끼니 때마다 사람들의 보시를 받은 덕분에 감사한 삶을 살아가고 있다는 걸 기억하고 베푸는 삶을 실천합시다.

人が作った食糧で生きていないか
毎食布施をされているんだ

남을 보살펴주는 것도 보시하는 거야
자진해서 한 일이라고 생각하라

 산책

"다른 사람에게 베풀 수 있는 최상의 선행은 단지 당신의 물질을 나누는 것이 아니라 자기 자신이 온전히 드러날 수 있도록 도와주는 것이다"라고 영국의 벤자민 디즈레일리는 말합니다.

즉 남을 위해 봉사하는 사람들은 겉으로는 남을 돕는 것처럼 보이지만, 사실은 나의 행복감을 위해 더욱 열심히 봉사하게 됩니다.

따뜻한 눈빛과 말 한마디, 남에게 아량을 베푸는 일 등 굳이 대단한 일이 아니라도 내가 할 수 있는 일은 무엇이든 실행해봅시다.

人の世話をするのも布施なのだ
させてもらったと思えばよい

사람은 강요당하면 저항을 하게 되지
상대방의 판단에 맡겨 봐

📖 산책

만약 타인의 마음을 움직여야 한다면 당신은 어떤 선택을 하겠습니까? 나와 생각이 다른 남을 설득하는 일이 수월하던가요?

때론 감정에 호소하기도 하고, 강요를 해보기도 하는 등 다양한 시도를 해보겠지만 생각처럼 쉽지만은 않을 겁니다.

'설득이란 남의 이견을 존중하는 데서 시작된다'고 합니다.

이것 아니면 절대 안 된다는 식의 흑백 논리로 남에게 판단을 강요하기보다는, 상대를 존중하는 마음으로 기다려주고 상대방이 스스로 판단하도록 맡기는 것이 해결책이 될 것입니다.

人は押し付けに抵抗が有る

相手の判断をゆだねよ

만남은 제2의 생명
소중히 여겨야 한다
무슨 일이 일어날지 알 수 없어

산책

소중한 만남을 기적으로 여기고, 정성을 담아 대응하고 진심을 나눌 수 있으면 '진실한 인연'으로 이어질 것입니다.

단군신화에 나오는 웅녀가 사람이 되는 그런 드라마틱한 기적은 기대할 수 없겠지만, 언젠가는 좋은 일이 생길 테고 모든 일은 성의껏 최선을 다했을 때 좋은 운이 따르게 마련입니다.

'우리 만남은 우연이 아니야, 그것은 우리의 바램이었어♬'

出会いは第二の命と知れ 大事にすべし
何が起こるか解らん

함께 이야기를 나눌 동료가 있음에 감사한 적이 있는가

📖 산책

'진실한 친구는 뚝배기처럼 서서히 따듯해진다' '몸에 좋은 버섯은 결코 화려하지 않다'고 법정스님은 비유하여 설명하십니다. 이 말은 서로를 알아가는 데에 시간이 걸린다는 뜻이겠지요.

애써 잘 보이려 하지 않아도 굳이 말하지 않아도 서로가 알아주는 친구의 존재는, 나이가 들수록 활력소가 될 것이며 그 소중함은 둘도 없는 보배입니다. 특히 어려움에 처했을 때 위로받을 수 있고 마음 터놓고 나눌 수 있는 친구나 이웃이 곁에 있으면 참 다행이고 든든할 것입니다. 감사하는 삶, 그 자체입니다.

語り会える仲間同志のいる事に
感謝をした事があるか

누구든 자신을 사랑스럽다고 여기지
마찬가지로 남에게도 마음을 다해야 해

산책

"내가 소중하면 남도 소중하다. 모든 인연에 감사하라"는 부처님의 가르침을 새겨봅니다. 나를 사랑하고 존중하는 사람은 남도 귀히 여기고 사랑할 수 있습니다. 올바른 이기주의는 모순이 아니고 본성이며, 사회를 행복하게 만드는 필요한 정신이라고 봅니다. '내가 사랑스러우면, 너도 그렇다'고 생각하세요.

상대방의 관심사에 대해 이야기하며 사랑스럽게 대해봅시다. 고단한 삶의 무게를 자비와 화목으로 가볍게 만들고 사랑하며 살아갑시다.

誰でも自分を可愛いと思っている
同じように人のことも心をかけるべし

모든 사람은
무엇인가에 의존하고 있지
그것을 속히 찾아내는 것이 중요해

산책

의존증이란 늘 무엇인가에 의지하고 살아가려는 심리가 심한 상태를 말합니다. 커피, 담배, 알코올, 마약 등 그것을 끊기가 쉽지 않지요. 이른바 중독 현상입니다.

당신은 무엇에 의존하고 있나요? 좋지 않은 영향을 끼친다면 즉시 개선해야겠어요.

주도적인 내 인생을 즐기기 위해서는 '용기와 책임'이 따른다는 사실을 명심하고, 어떤 대상이나 남에게 의존하는 삶에서 벗어나도록 구체적인 방법을 적극적으로 찾아 나서야 합니다.

人間は全ての人が 何かの依存症にかかっている

それを早く見つけることだ

싫은 사람의 약점을 살피고 다독여주어라
자연히 상대방이 가까이 다가올 것이다

📖 산책

'싫어하는 사람을 상대하는 것도 하나의 지혜이다.' 스페인의 철학자 그라시안의 명언입니다. 평소 비호감인 사람에게도 무조건 지적하며 비판하기보다는 상대방의 약점과 상처를 들여다보고 아픈 부분을 당신이 용기로 채워준다면, 상대방은 자연스레 당신에게 호감을 갖고 다가오게 될 것입니다.

진정한 소통의 고수(高手)는 싫은 사람과도 마음의 교류를 효과적으로 나누는 사람입니다.

嫌だと思う人の弱点を捜せ
自然と向うから近よって来る

사랑으로

5월 탄생화 : 튤립
꽃말 : 그대를 사랑해

물질의 소중함을 아는 사람에게
금전 운도 따른다

 산책

물건을 살뜰히 챙기며 살아가는 사람은 나에게 꼭 필요한 것이 무엇인지를 아는 사람입니다. 돈을 물 쓰듯이 흥청망청 헤프게 쓰며 낭비하고는 나중에 후회한들 소용없지요.

지혜로운 사람은 당장의 유혹에 쉽게 넘어가지 않습니다. 진정 중요한 것을 얻기 위해서는 참고 기다릴 줄 알기 때문이지요.

스스로 절제하고 비울 줄도 알며 나아가 서로 나누는 삶을 사는 사람은 자연히 금전 운도 따르게 되어 행복한 부자가 될 수 있을 것입니다.

物の大切さを知っている人は
金運からも好かれる

장황한 이야기보다 내실 있는 이야기가
사람의 마음에 남는다

산책

꽃꽂이의 비결은 필요 없는 부분을 과감하게 잘라 내는 것이라고 합니다. 내용을 전달할 경우에 두서없이 길고 지루하게만 나열하기보다는 핵심을 먼저 말한 후, 근거가 될 만한 예시나 증거를 뒷받침하여 말하고 끝맺음을 다시 한 번 핵심 내용으로 마무리하면 훨씬 이해가 빠르고 효과적인 방법일 것입니다.

짧고 간결한 화법이 사람들에게는 강렬한 인상으로 남습니다.

당신이 하는 한마디가 사람들의 마음에 깊은 울림을 주고 세상을 바꿀 수 있습니다.

長い話より実のある話しが
人の心に残るものである

남 얘기가 아닌 자신의 이야기를 하라
사람들 귀에는 쏙쏙 잘 들어오지

🔖 산책

남의 이야기를 제아무리 재미있게 한들, 실감나게 말하기가 쉽지 않아요. 나의 생생한 이야기일수록 사람들 마음에 와닿고 귀에 쏙쏙, 눈에 콕콕 잘 들어가기 때문입니다.

내가 겪었던 경험과 확고한 내 생각을 말할 때는 우선 목소리에 힘이 있고 생동감이 넘치게 마련이니까요.

자신감 있는 표정과 꾸밈없는 태도 등이 듣는 사람에게는 영향력을 크게 미친다고 할 수 있습니다.

人の話でなく自分の話で語る事だ
人の耳にはよく入る

◆ 5월 4일

부탁받은 일은 외면하지 말라
좋은 기운마저 도망치니까

 산책

상대방의 부탁은 가능하다면 진중하게 들어주고 합의점을 찾는 것이 좋은 기운을 만드는 방법일 것입니다.

만일 부득이하게 거절할 상황이라면, 열 배로 더 고민하고 상대방의 기분을 살피며 따뜻한 위로를 해주고 훗날을 기약하시기를 바랍니다. 절망보다 용기를 낼 수 있도록 말이죠.

좋은 기운을 끌어당기는 생각과 말 그리고 행동으로 다독여주시고 스스로 동기부여를 할 수 있도록 응원합시다.

頼まれ事は横に振るな
運気まで逃げるぞ

최선을 다하며 살아가는 사람은
만족하는 마음으로 가득 차 있다

 산책

　'모든 결실은 공들인 자의 것'이라고 하죠. 또 '첫술에 배부르랴'라는 속담이 있듯이 이 세상은 공짜로 그냥 되는 건 하나도 없습니다. 주어진 삶에 열심히 살아가는 사람은 노력하는 과정 중에 자신의 잠재 능력을 찾게 되기 쉽습니다. 그러면 점차 자신감이 생기고 도전할 수 있습니다.

　이렇게 자신의 성장과 발전을 위해 공들이는 가운데 많은 가능성이 열리게 될 뿐만 아니라 세상에 대해 긍정적이며 충족한 마음으로 살아갈 수 있다고 믿습니다.

精一杯生きている人は
足りる心が満載だ

마음을 키우려면
아이를 양육하듯 인내심이 필요해
서두를 일이 아니다

📖 산책

하루아침에 마음이 자라서 성격도 바뀌고 행동에 변화가 오기는 쉽지 않습니다. 결코 조바심내지 말고 마치 자녀를 양육하듯 인내심을 갖고 수행해야 할 것입니다.

좋은 습관으로 진실하게 지내다 보면 건강한 몸과 마음이 만들어지는 반면에 매사에 서두르면 스트레스를 자초하고 강박 증상으로 불안을 몰고 오게 되지요. 따라서 조급한 마음을 내려놓게 되면, 오히려 현재에 집중할 수 있으니 더욱 좋은 결과를 낼 수 있습니다.

心を育てるには子育てのように忍耐づよく
急がぬ事だ

필요 이외의 것은 마음에도 두지 마라
탐내지 마라

 산책

지금 당신이 갖고 싶은 물건이 있어도 당장 구입하지 말고 잠깐만 미리 체크해봅시다. 혹시 충동구매하려는 것은 아닌지, 정말로 꼭 필요한 것인지를 스스로에게 되묻기를 바랍니다.

만일 필요하지 않다고 판단되어 굳이 물건을 사들이지 않기로 결심한다면, 우선 정보 검색을 하지 않아도 되니까 불필요한 감정과 시간을 소모하지 않게 됩니다. 쓰레기가 줄어드는 것은 당연지사이고, 홀가분한 마음으로 근검 절약하는 삶은 당신을 편안하게 해줄 것입니다.

必要以外は心にも置くな

欲しがるな

행복도 불행도 마음먹기에 달렸지
힘들 때도 인생 공부라 생각하면 행복해져

📖 산책

　사람들은 스스로가 운명을 만들어 놓고는, 이미 정해진 운명이었다며 체념하기 일쑤입니다. 인생은 생각하는 대로 풀린다고 하지요. 평소 "힘들다 힘들다" 하면 더 힘들어지고, "어렵다 어렵다" 하면 될 일도 안 되기 마련입니다.

　반면에 '일이 그럭저럭 풀려서 다행이다' '나는 운이 좋은 사람이다'라고 스스로 긍정 확언을 하는 것만으로도 운의 흐름은 바뀐다고 합니다. 고통마저도 자신을 위한 수행이라고 받아들이면, 오히려 인생 공부가 되고 행복까지도 느낄 수 있을 겁니다.

　　幸福も不幸も心の持ち方で変わる

　　辛い時も学びと取れば幸福となる

마음의 온화함은 영혼의 빛이 되어
중병에 걸려도 온화한 광명으로 비추리니

📖 산책

노자(老子)의 '유약승강강(柔弱勝强剛)'을 살펴보면, 이는 부드러움과 유약함이 결국에는 강하고 센 것을 이긴다는 뜻입니다.

따라서 성품이 온화한 사람은 자기조절을 잘하여 균형을 잃지 않기에 쉽게 무너지지 않지요. 평소에는 부드럽고 순하게 보이나 굳세고 강한 잠재력은 '외유내강(外柔內剛)'과 상통합니다.

그 지혜로움은 중병에 걸려도 주변을 힘들게 하지 않으며 염려와 근심을 다른 세상에 두고 온 듯, 온화한 모습으로 주변을 환하게 비추어낼 것입니다.

心の穏やかさは魂の光である
重い病になっても穏やかな光明がある

◆ 5월 10일

"싫다"라고 말로 내뱉으면 그게 고통이다
"좋다, 해보자" 하고 도전하길

📖 산책

시련에 직면했을 때 회피하고 싶겠지만 "위기는 기회다"를 외치며 변화에 도전하고 절호의 찬스로 바꿔보시길 바랍니다.

"싫다"를 입버릇처럼 내뱉으면 실제로 더 싫어지고, 바로 고통으로 이어집니다. '좋다, 기왕 내가 할 일인데 한번 해보는 거야. 난 할 수 있어'라는 심정으로 도전해보시죠.

값진 땀을 흘려보면, 오히려 능률도 오르고 자신감도 생길 것입니다. "차라리 즐깁시다!"

嫌いと言う言葉が出たら苦と思え
よしと思うべし

진정한 일이란 사회에 봉사하고
사람들에게 진심을 다할 때
비로소 참 일이라 할 수 있다

 산책

'일 없는 사람'에 대해 법정스님은 "하릴없이 빈둥거리고 놀고 있는 사람이 아니라 일은 하면서도 그 일에 빠져들지 않는 사람"이라고 중요한 가르침을 주십니다.

일에 빠져든다는 것은 일과 사람이 일체가 되어 진심을 다한다는 뜻이 아닐까요?

먼저 내 삶에 기쁨을 선사하고 타인에게도 긍정적인 영향을 주는 일이라고 의미를 찾았다면, 분명 사람을 존중하며 사회에 봉사할 줄 아는 진정 행복한 사람입니다.

本当の仕事とは社会に仕え
人々に仕えきってはじめて仕事と言える

삶의 고통, 조바심이
인간의 불안임을 알아야 해
이것을 조금이라도 없애려는 수행이
큰 도리라 할 수 있지

 산책

인간은 늘 불안해하면서 살고 있다고 해도 과언이 아닙니다. 불확실한 내일을 향한 조바심이 불안의 근원이지요.

만약에 일확천금을 꿈꾸던 사람이 막상 로또에 당첨되어 큰돈이 생긴다면 마냥 행복할까요? 행운이 찾아왔다며 좋아하는 것도 잠시일 뿐, 내면의 만족감이 없다고 합니다. 땀 흘려 일구어 낸 결과가 아니기 때문입니다.

좀 늦더라도 차근차근 배우며 경험을 쌓고 발전하는 길을 모색하며 성장의 길을 걸어갑시다.

生きる苦しみ 焦りが人間の不安と知るべし

これを少しでも消す学びが大道と言える

인간은 억지로 밀어붙이는 경우가 많지
그래서는 가슴으로도 머리로도
받아들여지지 않아, 잘 설득하라

 산책

상대방을 설득하려면 어떻게 말하면 좋을까요?

아무리 좋은 말씀이라도 어쩔 수 없이 자주 듣게 되면 마음이 긍정적으로 받아들여지기가 힘들지요. 일할 때도 억지로 떠밀려서 하게 되면 억울한 심사가 들어 일에 집중하기 어려울 것입니다.

스스로 생각하고 판단해서 실천할 수 있도록 개방적인 태도로 함께 한다면, 사람들은 힘들어도 견디며 추진력 있게 해낼 수 있을 것입니다.

무엇을 말하느냐보다 어떻게 말하느냐가 중요한 이유입니다.

人間は押しつけが多い

これでは腹にも脳の中にも入ることがない 説示せよ

나는 사람들에게 도움이 되고 있는지
잘 살펴볼 일이다

산책

"내가 이 사람에게 무엇을 줄 수 있을까를 잘 살피라"고 하며 심리학자 아들러는 "단 개인적으로 인정받으려고 하는 마음보다는 공동체 감각을 유지하려는 마음을 가져야 할 것이다. 그것이 사회에 공헌하는 길이다"라고 강조합니다.

내가 소속하고 인연을 맺은 공동체에서 '나는 남에게 좋은 영향을 주고 있는지?' 스스로에게 질문하여 긍정적인 자극으로 끌어내고, 사회공동체에서 자신이 유익한 존재 가치로 실감할 수 있으면 좋겠습니다.

自分は人さまの為に役立っているか
検証してみるがよい

마음의 무거운 짐은 내려놓아라
그렇지 않으면 집착심이 불타오르지

 산책

집착에서 벗어나고 고통을 덜어내는 해결책은 자기중심적인 사고방식에서 탈피하고 마음의 짐을 내려놓는 길입니다.

편협한 자신의 생각에만 갇혀 있으면 점점 마음이 피폐해지고 고민만 깊어지기 때문에 성장과 발전으로 이어지지 않습니다.

내가 어떻게 변해야 할지를 스스로에게 질문하며 변화된 자신의 청사진을 만들어 갑시다. 나를 위한 시간이나 휴식을 취하며 자신의 참된 모습을 발견하는 것이 인생의 우선 과제일 것입니다.

心の重荷はおろせよ
でないと執着心が燃え上がるぞ

자신을 더욱 소중히 하라
둘도 없는 목숨이다
비굴하지 않게 자유롭게 살라

📖 산책

'소심한 나는, 완벽하려 애쓰고 성실해서 사랑스럽습니다'

'자신감이 없는 나는, 사려가 깊고 겸손해서 사랑스럽습니다'

'내성적인 나는, 신중하고 진지하게 생각해서 사랑스럽습니다'

'사교성이 적은 나는, 과장되지 않고 정직해서 사랑스럽습니다'

'질투심이 많은 나는, 관심과 의욕이 넘쳐서 사랑스럽습니다.'

'말이 많은 나는, 지루하지 않고 솔직해서 사랑스럽습니다'

지금 이 순간에도 당신 내면의 대화를 세포 하나하나가 엿듣고 있어요. '나는 충분히 사랑스러운 존재입니다.'

自分をもっと大事にしろ 掛け替えのない命だ
卑屈にならず自在に動け

마음의 집착은 삶의 짐이다
가볍게 하는 것이 깨달음의 길이다

 산책

묵연스님의 시 〈다 바람 같은 거야〉를 생각해봅니다.

"다 바람 같은 거야 뭘 그렇게 고민하는 거니?

만남의 기쁨이건 이별의 슬픔이건 다 한순간이야 …

결국 잡히지 않는 게 삶인걸, 애써 무얼 집착하리

다 바람인 거야"

희·노·애·락·애·오·욕의 감정을 가다듬고 훌훌 털어내어 가볍게 할 수 있어야 비로소 집착에서 벗어나 가벼움의 즐거움을 깨닫게 될 수 있을 것입니다.

心の執着は生きるお荷物だ
軽くして悟り道だ

인간의 가치를 물질이나 돈으로 바꾸지 말라
진심을 소중히 여겨라

📖 산책

세상의 잣대로는 '돈'이 능력과 권력을 부여하고 있으며, 세계를 지배하고 있는 것이 현실입니다.

돈이란 생활의 윤활유로써 필요한 존재임에는 틀림없는 사실이지만, 다만 돈을 어떻게 다루고 쓰느냐가 중요한 가치를 발휘할 것입니다.

여기서 진정한 부자들은 '돈'을 나눌 줄 알며, 사람들과 새로운 관계를 맺는 데 소중하게 사용할 것입니다. 인간의 가치는 돈이나 물질이 아니라 사람들과의 진심에서 나오기 때문입니다.

人間の価値を物や金に変えるな
真心を大切にしろ

사람의 성의는 보석과 같다
이를 저버려서는 사람이 아니다

 산책

"너의 장미꽃이 그토록 소중한 건 그 꽃을 위해 네가 공들인 시간 때문이야"라는 어린 왕자의 명대사입니다.

진심 어린 태도와 성의 있는 자세는 사람들의 마음을 움직이게 하고 감동의 울림을 줍니다.

귀하고 빛나는 보석처럼 주변을 환하게 만들어주는 매력이 숨어 있으니까요. 그리고 보석과 같은 성의를 몰라봤다면 행운을 깎아먹는 사람의 태도라고 봅니다. 소중한 보석처럼 잘 갈고닦아야겠습니다.

人の誠意は宝玉である
無にしては人でなくなる

세상 말은
다 표현할 수 없는 것이 너무나 많다
진심을 다하라

📖 산책

'미안해요' '사랑해요' '고마워요'

무수히 많은 말 중에 이보다 좋은 말은 없을 겁니다. 간혹 언어의 한계를 느낄 때는, 무엇보다도 진심을 담아 진정성을 보이는 태도가 참으로 중요합니다.

혹시 당신은 그 마음을 받기만을 원하나요? 또 마음을 표현하는 데 인색하지는 않은지요?

지금 바로 앞에 계신 분께 진심을 담아 소리 내어 그 마음을 전해보세요. 실천의 미덕이 필요할 때입니다.

世の中言葉では
言い尽くせない事が山程有る心で尽くせ

자식은 부모의 소유물이 아니다
애정과 교육을 구별하라

 산책

자식은 부모의 꿈을 대신 이루어주는 소유물이 아닙니다.

따라서 부모의 욕심을 채우는 도구가 아니므로 무엇이든 부모 뜻대로 휘두르면 안 될 것입니다.

지나친 애정은 자식의 적성과 능력을 고려하지 않은 채 무조건 적인 교육으로 강요되기 쉬우니까요. 그리하여 자식 앞날에 오히 려 방해가 되고 행복한 삶에 걸림돌이 될 수도 있습니다. 올바른 분별력을 갖고 자식을 위한 참된 사랑을 생각해야겠습니다.

子供は親の所有物ではない
愛情と教育を区別せよ

부탁받은 일을 전부 들어주다 보면
몸이 감당하지 못하니
무턱대고 '호인'이 되지는 말자

📖 산책

성격이 좋아서 어떠한 일에도 거절하지 못하고 화를 내지 않을 것 같은 사람을 '호인'이라고 합니다. 인정상 매번 거절하지 못하고 남의 시선에만 신경 쓰다 보면 정작 자신에 대해 소홀해지기 쉽거든요. 나를 돌볼 시간도 없이 시달리다 보면 건강에도 좋지 않으며 결코 성장으로 이어지지 않습니다.

남에게 잘 보이기 위한 삶보다는 내 삶을 챙기기 위해 때론 거절하는 것도 용기입니다. 무엇보다 자신에게 만족스러운 사람이 되어야 합니다.

頼まれ事を全部やっていたら
身が持たないぞ お人好しになるな

사람의 마음속을 잘 이해한다는 것
이것은 커다란 사회봉사다

 산책

'이해understand'의 뜻을 살펴보면, 내가 낮은under 자세로 서서 stand 바라볼 때, 바로 그 사실에 대해 제대로 알게 된다고 합니다.

상대방의 말을 잘 들어주고 이해할 수 있을 때 비로소 상대방을 공감하고, 상대방에게 말과 행동으로 나의 진심이 제대로 전해질 겁니다.

역지사지(易地思之), 그 진심이 우리들이 할 수 있는 봉사의 기본 정신이라고 할 수 있겠습니다.

人の心の中をよく理解する
これは大きな社会奉仕だ

◆ 5월 24일

자식에 대한 지나친 관심은
무거운 짐이 된다
사람에게는 그 사람만의 감당할 짐이 있지

📖 산책

자식은 태어나면서 독립된 하나의 인격체로서 존중받아야 하는 존재입니다. 부모의 역할은 안정된 가정 환경에서 자존감이 높은 아이로 성장하도록 사랑으로 보살펴야 하겠어요. 그리고 자녀가 성장하면서 스스로 선택하고 결정하도록 도와주며, 그에 대한 책임이 따른다는 사실을 깨닫도록 자립심을 키워주어야 합니다.

부모가 자녀 인생을 대신 살아줄 수 없기 때문입니다. 커서까지도 자식의 일에 지나치게 관여하게 되면 간섭이고 무거운 짐으로 돌아오게 됩니다.

子供の事を思い過ぎると重荷となるぞ
人にはその人の荷物がある

남에게 도움을 준 사람은
남으로부터도 도움받게 된다는 법칙이 있다

 산책

내가 받은 것보다 남에게 더 많이 주기를 좋아하는 사람을 '기버(Giver)'라고 합니다. 자신이 상대방에게 무엇을 줄 수 있는지를 살피고, 인간관계를 총동원하여 돕고자 애쓰는 사람이지요.

자신의 이익보다 남에게 도움이 되었던 기버들은 그동안 베풀었던 공로가 되돌아오기 시작하면서 시너지 효과가 생기고 폭발적으로 성공의 길이 열리게 될 것임에 틀림없습니다. 상대방의 신뢰가 바로 재테크이고 성공의 발판이 되기 때문입니다.

人に役立った人は
人からも助けられる法則がある

보시(布施)란 그리 어려운 일이 아니야
상냥한 미소만으로도 보시가 되거든

 산책

'보시(布施)'란 자비의 마음으로 다른 사람에게 아무런 조건도 없이 널리 베푼다는 뜻을 가지고 있습니다.

베푼다는 것은 늘 우리 주위에 넘치고 있어요. 그리 어려운 일만이 아니라는 뜻입니다. 친절한 말씨와 정다운 얼굴로 상대를 기분 좋게 해주는 것도 보시에 해당됩니다.

당신의 따뜻한 미소 또한 훌륭한 보시가 되고 자비로 돌아올 것입니다.

布施はそんなに難しいものではない
優しい微笑も布施となる

지금 손을 맞잡고 사랑을 나누며
깨우침의 길을 걷고 무거운 짐을 버리는
이것이 진정한 깨달음의 길이다

📖 산책

'삶의 목적은 자연과 조화롭게 사는 것입니다.' 우리네 인생은 제각기 따로 다르게 사는 것처럼 비춰지지만, 자세히 들여다보면 자연과 세상 만물은 모든 것이 하나로 연결되어 있습니다. 마침내는 자연으로 돌아가게 되어 있다는 사실을 깨닫게 되면 무거운 짐을 버릴 줄도 알게 되지 않을까요?

우리 함께 손에 손을 맞잡고서 서로 도우며 나누는 길만이 자연의 도리이고 진정한 깨달음의 길이 될 것입니다.

今、手を握り合い愛を交わし合い
気付きの道を歩み重荷を捨てる これが真の悟り道だ

◆ 5월 28일

자신의 경험을 살려 타인에게 가르치면
마음의 길이 밝아진다

 산책

내가 경험한 것을 살려서 남에게 알려줌으로써 상대방의 삶에 영향을 끼치고 도움이 된다면 그야말로 보람된 일이 될 것입니다. 무엇보다도 마음의 길이 밝고 환하게 비춰지게 됩니다.

그리고 내가 체득한 것을 남에게 직접 가르치고 안내하는 과정은 기억에 확실하게 남을 테고, 나 자신에게는 유익한 진짜 내 공부가 된다고 확신합니다.

自分の経験を人に教えて生かすと
心の道が明るくなる

외로운 인생이 싫다면
약속한 것은 지켜야 해
신용의 근간이 된다

 산책

유태인은 어릴 적부터 신용과 경제 개념에 대한 교육이 최우선이라고 합니다.

누구든 신용이 없으면 사회에서 매장된다는 것을 알기에 약속 시간을 어기거나 신용에 흠이 가는 행동은 절대 하지 않는다고 합니다. 신용은 인간관계를 잇는 끈이며 재테크이기 때문입니다.

약속한 것은 반드시 지켜야 훗날에도 그 신용이 신뢰로 연결되고 그 영향이 나타나서 외롭지 않고 즐겁게 살 수 있을 것입니다. 평소에 신뢰를 저축해 두어야 하겠습니다.

寂しい人生が嫌いなら
約束ごとは守るべし 信用の元だ

사람은 자유를 좋아하지
상대방이 이해할 때까지 잘 설명해야 해

📖 산책

자유에 대해 미국의 로버트 잭슨 대법관은 "완성된 자유는 없다. 자유는 흐르는 전기처럼 충분한 보유량이 있을 수 없다. 우리가 자유를 향유하는 만큼 항상 만들어 내고 지키기 위해 노력해야한다. 그렇지 않으면 자유의 불빛은 꺼지고 만다"라고 말합니다.

자유란 스스로 선택하고 결정하는 것입니다. 강요하기보다 상대방이 이해해서 마음 편하게 납득할 때까지 알기 쉽게 설명해보여야 하겠습니다.

人は自由が好きだ
相手が解るまで説示をすべし

손익만 따지는 사람은
리더의 자격이 없다 신뢰가 없어

 산책

당신은 능력 있는 사람과 신뢰할 수 있는 사람 중 어떤 사람을 선택하겠습니까? 능력은 있으나 신뢰할 수 없는 사람보다는, 능력은 다소 부족해도 신뢰할 수 있는 사람을 선택하는 것이 옳다고 생각됩니다. 능력은 훈련과 노력으로 발전할 수 있지만, 신뢰 성향은 바꾸기 어렵기 때문입니다.

따라서 이해관계 틀에서 득실만 따져 행동하는 사람은 리더로서의 자격이 없습니다. 동료나 부하 직원들에게 신뢰를 받지 못할 뿐더러 오래 못 갈 것입니다.

損得で動く人は
長には不向きだ 信頼がない

6월

올바르게

6월 탄생화 : 장미
꽃말 : 정열적인 사랑

변명하기보다는
타인의 말에 귀기울여보자
일보 전진하게 된다

 산책

　보통 사람들은 사과하는 데 인색합니다. 잘못을 인정하는 순간, 경쟁에서 진다고 생각하기 때문이겠죠. 진정한 리더만이 제대로 사과할 줄 안다고 합니다. 진정성이 느껴지는 사과는 오히려 위대하게 보이기까지 하지요. 그래서 잘못된 나를 다른 관점에서 바라보고 타인의 생각에 수긍한다면, 오히려 상대방에게 존중받을 수 있습니다.

　어설픈 변명보다는 개방적인 태도로 잘못을 인정하고 소통하면 신뢰가 쌓이고 발전하는 사회가 기대됩니다.

言い訳をするより 人の話をよく聞くんだ
一歩前進なり

변명을 앞세우지 말고
하나하나 진지하게 맞붙어 보면 좋다
향상의 반석이 되리라

📖 산책

변명이란 어떤 잘못이나 실수에 대하여 구실을 찾아 핑계 대며 해명하고 발뺌하는 것을 말합니다.

건성건성 변명으로 일관된 자세로 일을 처리해 나가면, 마치 모래 위에 지어져 비바람에 부서지기 쉬운 집과 같이 불안정하고 어리석은 사람으로 살게 됩니다.

매사에 신중하고 진지하게 대처하는 습관은 변명이 필요 없는 삶, 흔들림이 없는 삶으로 이어지고 향상의 돌계단이 될 거라고 확신합니다. 반석 위에 지은 집처럼 말이죠.

言い訳しないで 一つ一つ真剣に取り組んでみるとよい
向上の石段なり

변명을 하는 사람은
그걸로 다 된 줄 알지만
그리 쉽게는 되지 않아

산책

변명을 통한 자기합리화하기 좋아하는 사람은 그것으로 모든 것이 자기 뜻대로 다 해결될 것이라고 착각하는 경향이 있습니다. 하지만 세상은 엿장수 맘대로 그리 쉽게 호락호락하게 넘어가지 않지요.

솔직하게 잘못을 인정하고 반성할 줄 아는 사람이 진정 큰 그릇의 인물이 될 것입니다. 자기모순을 발견하고 순리대로 제대로 살아갑시다.

言い訳をする人は それで済むと思っている
そうは問屋がおろさんぞ

내 마음을 다스리는 것은 매우 어렵다
하지만 삶을 향상하기 위한 수행길이다

📓 산책

세상에서 제일 어려운 것 중의 하나는 내 마음을 알아차리고 스스로 다스리는 일이 아닐까요? 소크라테스는 "무지(無知)를 아는 것이 곧 앎의 시작이다"라고 말합니다. 나를 객관적으로 바라보고 자기 조절하며 냉철하게 판단하도록 노력합시다.

우리는 매 순간 스스로에게 핑계를 대며 생활합니다. '오늘은 힘든 날이었으니까 내일부터 열심히 하자' 그런데 오늘이 곧 그 내일이지요. 어제의 내가 그토록 열심히 살겠다던 내일이 바로 오늘이기 때문입니다.

自分の心を治めるのはとても難しい
でも向上道の修行だ

건전한 사람은 게으름을 싫어하지
그래서 건강도 발전도 있다

 산책

"1%의 작은 습관만 바꿔도 인생이 변한다"라고 작가 톰 오닐은 말합니다. 여기서 1%는 커다랗고 거창한 것이 아니라 꾸준히 작은 목표를 하나하나 달성해 나가면 결과적으로 인생 전체가 바뀔 수 있다는 원리입니다. 건강하고 발전하는 인생으로 바꾸고 싶다면 일상 속에서 작은 실천부터 시작해봅시다.

핵심은 크건 작건 뚜렷한 목표를 세우고 하다 말다 포기하지 않는 것입니다. 지속적으로 실천한다면 인생에 커다란 차이를 가져올 겁니다.

健全な人は怠けるを嫌っている
だから元気も発展もある

모든 사물을
객관적으로 보는 습관을 들여라
기분이 한결 밝아진다

 산책

당신은 자신을 비롯한 가족에 관한 일은 무조건 감싸고 유리하게만 적용하고 있지는 않은지요? 보통 사람들은 사물을 주관적으로 바라보고 자기 위주로 판단하게 됩니다.

나 자신을 냉철한 시선으로 바라보고 엄격한 잣대로 평가하는 습관이 몸에 배어 있어야 하지요.

매사 객관적인 눈을 통해 올바른 판단력으로 공정하게 결정하는 습관을 갖는다면, 이 사회가 정의롭게 변하고 모두가 평안하고 밝아질 것이라고 믿습니다.

もの事を全て客観的に見る習慣をつけよ
気持ちが明るくなる

인간은 늘 노력하며 살지
멋지다 정토(浄土)의 울림
묵묵히 뚜벅뚜벅 걷는 걸음이여

 산책

인간은 끊임없이 노력하기 때문에 만물 가운데 으뜸이라고 말합니다. 영국의 시인 로버트 브라우닝은 "위대한 사람은 단번에 높은 곳에 뛰어오른 것이 아니다. 사람들이 밤에 단잠을 잘 때에 일어나서 괴로움을 이기고 일에 몰두했던 것이다. 그리고 한 걸음 한 걸음 걸어가는 속에 있다"고 말합니다.

묵묵히 쉬지 않고 꾸준히 걷는 자세가 훌륭한 모습이며 깨끗하고 좋은 세상(浄土)으로 변화시키는 힘이 되리라 믿습니다.

人間は常に努力の上にある
素晴しい 浄土の響き 黙々 こつこつ

고통의 비탈길을 오르고 있음을 아는 사람은 극복하는 길을 안다

📖 산책

'아픔 없이는 얻을 수 없다(No Pain, No Gain)'

고통의 현실을 받아들이고 역경을 딛고 일어선 사람들을 보면, 혹독한 자기 변화를 통해서 핸디캡을 극복해 낸 사람들입니다.

시각, 청각 장애의 고난과 고통을 이겨낸 헬렌 켈러는 "세상은 괴롭고 힘든 것들이 많이 있지만, 또한 그런 것들을 이겨낼 수 있는 것들도 많이 있다는 것을 기억하라" 하고 우리에게 큰 울림을 주고 있습니다.

苦の坂を登っていると知る人は
乗り越える道を知る

이해 없는 배움으로 잘도 일하고 있구나
이론만으로는 먹고살기 힘들지

📖 산책

'선무당이 사람 잡는다'는 속담의 뜻을 살펴보면, 얕은 지식만으로는 제대로 전달할 수 없고 관계를 그르치게 된다는 말입니다.

실제 일을 잘 알지도 못하면서 이치만 따지고 억지 이론을 내세워서는 그리 오래가지 못할 것입니다. 마침내 본인 스스로 고통스러워하며 자신감이 없는 삶을 살게 되지요.

현실을 직시하지 못하는 어설픈 이론만으로는 세상을 살아내기가 만만치 않을 것이니 처음부터 제대로 일을 배워 나갑시다.

理解のない学びで よく仕事をしているなぁ
理屈では食えないぞ

모처럼 주어진 인생이야
멈춰 서 있지는 않은가 잘 살펴보자

📖 산책

우리에게 주어진 인생이 아름다워지기 위해서는 끊임없이 무엇인가를 추구해야 합니다. 농구의 신이라 불리는 마이클 조던은 "실패는 용납할 수 있다. 누구나 어느 지점에서 실패하기 마련이다. 내가 용납할 수 없는 것은 아무 도전도 하지 않는 것이다"라고 말합니다. 끊임없는 도전에 대한 자세를 우리에게 시사해주는 바가 크다고 할 수 있습니다.

세상에 하나뿐인 '나'이고, 단 한 번뿐인 '내 인생'을 무의미하게 제자리에 머물러 있을 수만은 없습니다.

折角の人生だ
立ち止まっていないか 検証してみよう

나는 세상에 도움이 되고 있는지
잘 살펴보는 게 좋아

📖 산책

시인 김춘수는 〈꽃〉에서 '우리들은 모두 무엇이 되고 싶다, 너는 나에게 나는 너에게 잊혀지지 않는 하나의 눈짓이 되고 싶다'고 꽃을 통해서 의미 있는 삶을 강조했습니다. 꽃이라는 존재가 세상에 전하고 싶은 그 간절한 눈빛이 너무나도 선명하게 전해지는 내용이지요.

우리는 자신의 존재가 이 세상에 어느 정도 도움이 되고 있는지를 늘 돌아보고 확인하며 의미 있는 삶을 살았으면 좋겠습니다.

自分は世の中に役立っているか
検証してみるがよい

이 세상은 자기 능력과의 싸움이다
자신의 능력을 어떻게 제대로 잘 발휘했는가

🔖 산책

마하트마 간디는 "할 수 있다는 믿음을 가지면, 설사 그런 능력이 없을지라도 결국에는 할 수 있는 능력을 갖게 된다"고 우리들을 격려하고 있습니다.

우리도 각자 다른 능력이 있음을 알고 자신만의 개성과 독특한 능력을 찾아 사는 삶이 매우 중요할 것입니다. 이 세상을 살아간다는 것은 자신과의 싸움이지요. 자신의 능력을 어떻게 제대로 사용할 수 있을 것인가를 생각하며 삶을 삽시다.

この世は自分の能力との戦いだ
いかに自分の能力を 使いこなせたか

인간은 누구나 겨루기를 좋아한다
자, 그럼 몰입해야지
혼신을 다해 싸워보는 거야, 파이팅

📖 산책

행복한 삶은 얼마나 몰입했느냐에 달려있습니다. 마치 경기를 할 때처럼 초집중하고 겨루며 싸워야겠지요.

휠체어를 탄 천재 물리학자 스티븐 호킹 박사는 "할 수 있는 것에 집중하고, 할 수 없는 것을 후회하지 말라"고 말합니다.

이미 벌어진 일이나 아직 일어나지도 않은 불안한 요소는 생각하지 말고, 자신이 잘할 수 있는 것에 몰입하라는 명언입니다.

이왕 살아가는 인생, 긍정적인 피드백이 나올 수 있도록 최선을 다해 살아갑시다.

人間は誰もが競技をするのが好きである
さあ工夫だ 全脳を使っての競技だ がんばれ

무슨 일이든
내 일이라고 생각하고 하다 보면
재미있고 즐겁게 되지

 산책

'언젠가 해야 할 일이라면 지금 한다. 누군가가 해야 할 일이라면 내가 한다'는 말처럼 긍정적이며 적극적인 사고로 행동을 하는 사람이 성공하게 됩니다.

성공하는 사람들의 공통점은 신뢰를 바탕으로 일을 즐기며 자긍심을 갖기 때문에 매사에 솔선수범하며 당당하고 밝은 모습입니다.

이렇듯 주인 의식을 갖고 내 일처럼 뛰어들면 내 삶이 훨씬 가치있고 보람되며 행복해질 것입니다.

どんな仕事でも
自分の仕事だと思ってかかると 楽しく面白くなる

매사에 완벽하지 않아도 괜찮아
한 걸음 한 걸음 향상되어 가는 거야

📖 산책

어떤 일에도 완벽하게 해내는 일은 쉽지 않습니다. 완벽을 추구하다가는 타이밍을 놓치고 후회하기 십상이지요. 평생 기다리다가 끝이 날 수도 있을 겁니다.

용기와 결단력이 새로운 변화와 기회로 만들 수 있습니다. 완벽한 기회를 기다리다가 시간만 허비하지 말고 속히 의사 결정을 하고 적응해 나가는 편이 기회를 잡을 수 있다고 생각합니다.

한 걸음 한 걸음 앞으로 나아가며 준비하는 것이 바로 향상하고 있다는 증거가 아니겠어요?

人間 何事も完璧でなくていいんだ
一歩でも向上のうち

◆ 6월 16일

보다 나은 향상을 위해 인내가 필요하다
인간의 매력은 꿋꿋이 견딜 때 생겨나지

 산책

"우리가 끈기를 가지고 해왔던 일이 쉬워지는 것은 그 일 자체가 쉬워져서가 아니라, 그 일을 수행하는 우리의 능력이 향상되었기 때문이다"라고 미국의 사상가 에머슨은 말하고 있습니다.

처음에는 어렵게만 느껴지는 일들도 계속하다 보면 실력이 늘고 처음보다 더 잘하는 자신을 발견하게 되는 것이지요. 이는 인내를 가지고 성과가 나올 때까지 수행했기 때문에 결과물을 얻을 수 있다고 봅니다. 우리가 인내할 수 있다는 것은 향상을 위해서 꼭 필요하며 사람이 지니고 있는 큰 매력입니다.

我慢は向上の為にある
人の魅力が生まれて来る

지금이 있기에 하루가 있고 일생이 있다
중요한 건 그 발자취이다

 산책

"오늘 하루를 헛되이 보냈다면 커다란 손실이다. 하루를 유익하게 보낸 사람은 하루라는 보물을 파낸 것이다. 하루를 헛되이 보낸 사람은 내 몸을 헛되이 소모하고 있다는 것을 기억해야 한다"고 프랑스의 작가 아미엘은 경고하고 있습니다.

지금이 모여 오늘이 되고 오늘이 모여 평생이라는 큰 그림이 존재하지요.

소중한 것은 하나하나 살아온 발자취입니다.

今が有るから一日で有り一生で有る
大事なのは足跡だ

노력은 진보를 위해서 있다
성공의 크고 작음은 생각하지 않는다

📖 산책

"모든 습관은 노력에 의해 굳어진다. 잘 걷는 습관을 기르기 위해서는 자주 많이 걸어야 한다. 잘 달리기 위해서는 많이 달리는 것이 필요하다. 잘 읽게 되려면 많이 읽어야 한다. 그러니까 그대가 어떠한 습관을 얻고자 한다면 그것을 많이, 그리고 자주 되풀이하는 것이 필요하다"고 철학자 에픽테투스는 말합니다.

'노력은 성공의 어머니'라고 새기며 성공의 크고 작음에 구애받지 말고, 나 자신의 역량을 가능한 최대한으로 펼쳐 나가기 위해 지속적인 노력을 해 나갑시다.

努力は進歩の為にある
成功の大小は考えるでない

노력의 발자취는 성공으로 가는 길이다
일보나 백보나 마찬가지다

 산책

실현 가능한 목표를 정하고 구체적인 계획을 세워서 매일매일 한결같은 마음으로 정성을 다해 걸어가는 것, 과정 중에 지루한 무게를 건디며 지속적으로 노력하는 것이 성공의 비법입니다.

그동안의 과정을 돌아보았을 때 노력하며 살아온 발자취가 후회되지 않는다면 그것이야말로 진정한 성공입니다. 누구나 목표를 향해 힘찬 발걸음을 내딛었을 때 소중한 땀의 흔적이 남을 것이고 그것이 바로 원하는 삶입니다.

努力の足跡が成功への道だ
一歩でも百歩でも同じである

인생에서 중요한 것은
일을 시작하기보다 깔끔한 마무리다

📖 산책

어떤 일이든 일단 시작했다면, 끝마무리가 중요하고 그것이 가장 힘들다는 것입니다. 그리고 '유종의 미'를 거두기 위해 '용두사미'가 되지 않도록 해야겠습니다.

'시작이 반이다' '작심삼일'이란 말은, 시작도 어렵지만 중도 포기하지 말고 대충하는 일 없이 마무리를 끝까지 깔끔하게 잘하라는 뜻을 뒷받침해주고 있는 말이지요. 우리가 많이 듣고 사용하는 문구입니다. '일상이 곧 진리'라고 새기고 일상생활 중에도 아름다운 마무리를 습관화했으면 좋겠습니다.

人生で大切なのは

事を始めるより いさぎよい 終わりだ

일도 생활도 삶의 무거운 짐이다
집착이 삶의 무게를 가중시킨다

 산책

일과 일상생활을 삶의 굴레로만 생각하지 말고, 역설적이지만 '자유로운 구속'을 즐기며 홀가분한 마음으로 살아갈 수 있으면 좋겠습니다. 여기서 우리 삶을 옭아매는 것은 집착이 아닐까요?

온갖 집착에서 자유로워지고 삶을 조이고 있는 것들로부터 가벼워지는 일상의 순간들, 그때부터 한 차원 높은 삶의 단계로 올라갈 수 있을 것입니다. 양손 가득 움켜쥐고 있는 짐들을 미련 없이 탁 놓아버리고, 마음과 몸을 가볍게 만드는 것이 바로 행복의 기술입니다.

仕事も生活も生きる重荷だ
執着が重くしている

매사 해보지도 않고 고민하는 건 최악이다
우선 해보자

📖 산책

일을 시작하기도 전에, 지레 겁부터 먹고 염려하는 것은 소극적이고 자신감 없는 자세입니다.

이것저것 기웃거려봤자 모든 일이 어중간해질 뿐이고 결국 제대로 뭐 하나 해낼 수 없게 되기 십상이니까요.

세상 모든 일에는 다 때가 있는 것, 우선 중요한 일부터 선택하고 집중해서 일단 부딪치면서 차근차근 행동으로 옮겨봅시다.

物事は やりもしないで悩むのは最低である
先ずやってみよ

내가 하지 않으면 누가 하랴
이 마음이 평화를 만든다

 산책

　솔선수범형의 인간은, 스스로 궂은일을 찾아 남보다 앞장서서 실행하는 사람입니다.

　약간의 고통은 감수하고 인내할 줄도 알며 다른 사람의 본보기가 될 것입니다. 반면에 누가 대신해주기를 은근히 바라는 비열한 마음은 떳떳하지 못합니다.

　몸소 내 집 앞 쓰레기를 치운다거나 눈을 쓸어내고 청소하는 등 직접 내가 했을 때, 비로소 내 마음이 뿌듯하고 안정감을 느낄 수 있으며 평화롭게 될 겁니다.

自分がやらなければ誰れがやる

この心が平和となるんだ

채우기만 한 배움을 그걸 자랑하고 있네
자기만족일 뿐 시간 낭비이다

 산책

몇 년 전 수능시험에 〈아마존 수족관〉이란 시와 관련한 문제가 출제되었고, 그 후 어느 TV 프로그램에서 작자인 최승호 시인에게 그 문제를 직접 풀어보게 했는데 정작 시인 당사자는 단 한 문제도 맞추지 못했다고 합니다. 이는 암기 위주 주입식 문제의 아이러니한 결과입니다.

우수한 성적의 바보는 미래를 주도할 수 없습니다. 현대 사회는 '우수한 성적'보다 '생각의 힘'이 필요하기 때문입니다. 뻔한 생각의 틀에 주입하기보단 창의적인 사고력으로 승부해야 합니다.

詰め込むだけの学び それで威張っている
自己満足だけで時間の浪費だ

인간의 의존심은
삶의 바른길을 뒷전으로 미루고
자기만족하고 있네

 산책

　무엇인가를 지나치게 갈망하는 것은 열정이 아니라 그저 욕구
충족을 위한 욕심이라고 할 수 있습니다. 돈이나 권력 등 수단을
가리지 않고 행해지는 의존적 성향도 참으로 안타까운 일이라 할
수 있습니다. 올바른 길을 뒷전으로 미루고 외면하는 인간의 의존
심은 자기만족에서 벗어나지 못하거든요.

　무엇보다 자신에 대한 믿음을 가지고 스스로가 에너자이저가
되어 당당하게 세상으로 나아갑시다.

人間の依存心は生きる本道を後まわしにして
自己満足している

인생, 항상 전력을 다하라
누군가 늘 지켜보고 있으니

 산책

'낮말은 새가 듣고 밤말은 쥐가 듣는다'는 우리 속담이 있듯이, 일본속담은 '벽에 귀가 있고 창호지 문에 눈이 있다(壁に耳あり 障子に目あり)'고 합니다. 영어에도 '벽에도 귀가 있다(The walls have ears)'는 속담이 있지요. 이것은 아무리 비밀스럽게 이야기를 나눈다고 해도 누군가 벽에 귀를 대고 듣거나 엿볼 수 있으므로 항시 말조심하고 바른 자세로 최선을 다하라는 교훈이 숨어 있습니다.

내 언행을 누가 듣고 보든 간에 올바르고 아름답게 가꿔나가야 하겠습니다.

人生は常に全力を尽くせ
誰かが見ている 合掌

실패는 성공의 어머니
두려워하기보다 도전하라
무언가가 얻어지리니

📖 산책

"성공하는 방법은 실패율을 두 배로 높이는 것이다"라고 IBM 창업자인 토마스 왓슨은 말합니다. 그리고 실패에 대해서도, "만약 실패하지 않겠다면 시도하지 않으면 된다. 시도하지 않는다면 실패하지는 않겠지만, 아무것도 해낸 것 없는 의미 없는 삶이 될 뿐이다"라고 의미심장하게 강조하고 있습니다.

성공한 많은 사람들은 실패도 하나의 소중한 자산으로 삼고 무언가를 얻기 위해 도전을 두려워하지 않았으며, 실패 속에서 더욱 큰 성공의 기쁨을 얻었을 것입니다.

失敗は成功の元
恐れるより挑戦だ 何かが生まれる

어떻게든 되겠지가 아니라
어떻게든 해보는 거다
마음과 행동을 다해야겠다

 산책

혹시 '시간이 해결해주겠지, 어떻게든 굴러 가겠지' 하며 요행을 바라고 있지는 않습니까? 성공이나 성취는 호박 넝쿨처럼 그냥 저절로 굴러들어오지 않습니다.

거의 자포자기 상태로 내맡기기보다 어떻게든 노력해보고 시도해야 하겠습니다. 그것도 그냥 대충하는 게 아니라 몸과 마음을 다해 행동으로 보여줄 때 좋은 결과를 기대할 수 있습니다.

'포기하지 않을 거야Never give up!'

何とか成るでなく何とかするぞ
心と行動をとるべし

일하는 것도 노는 것도
내 일이라고 여기고 해봐
발전도 있고 재미도 있을 것이다

📖 산책

"알고 있는 이는 행하는 이를 이기지 못하고, 행하는 이는 즐기는 자를 이길 수 없다"는 공자의 말씀을 새겨봅니다.

이는 이론으로만 알고 있고 실행에 옮기지 않으면 아무 소용이 없음을 시사하고 있습니다. 뿐만 아니라 자신의 일을 즐길 수 있을 때에 비로소 자신의 일에 진정한 재미를 느끼게 된다는 심오한 교훈입니다. 즉, 남이 시켜서가 아닌 내 일이기 때문이지요. 그 결과는 너무나도 분명하게 훌륭한 결과로 나타날 것이라고 믿습니다.

仕事も遊びも 自分のものとしてやってみよ

向上も有る 面白くもなる

깨달았으면 실행하라
하늘의 선물이니 헛되이 하지 마라

📖 산책

'유레카!(아하 그렇구나, 알았다)'는 무엇인가를 깨달았을 때 외치는 탄성입니다. 사물의 이치를 깨닫게 된다는 것은 행복을 느끼게 하는 출발점이 아닐까요?

이러한 깨달음의 순간을 바그너는 '하늘의 선물'이라고 표현했고, 베토벤은 '행복 그 자체', 간디는 '나를 사로잡고 뒤흔드는 대사건', 링컨은 '감각과 감성을 단번에 사로잡는 영원한 아름다움'이라고 표현했습니다. '깨달음'의 소중하고도 귀한 선물을 헛되지 않도록 바로 실행에 옮기는 당신을 응원하겠습니다.

気付いたら実行せよ

天からの贈り物だ 無にするな

7월

지혜롭게

7월 탄생화 : 해바라기
꽃말 : 일편단심

말을 할 때는 자신의 눈과 마음으로
잘 보고 말해야 한다

 산책

사람은 '말'한 대로 행동하고 '행동'한 대로 '성취'하게 된다고 합니다. 결국 사람을 성취로 이끄는 것은 그 '말의 힘'입니다.

마음을 잘 살피고 나서 신중하게 말하고, 진심을 다해 감사와 긍정성을 담아 희망을 표현하는 언어 습관이 필요하겠습니다.

내 몸의 세포 하나하나가 내 생각을 감지하고 내 말을 항상 엿듣고 있으니까요. 스스로 운명을 개척할 수 있는 마법의 힘은, 바로 내가 하는 말 속에 존재한다는 사실을 확신하고 행동으로 옮겨보세요.

語る時は自分の目と心でよく見てから
語るべし

책망받지 않으려고 변명을 하지
경청하는 습관을 길러야 해

📖 산책

'충언역이(忠言逆耳)'라는 말은 바른말은 귀에 거슬린다는 뜻입니다. 사람들은 남들로부터 비난이나 비판을 받기 싫어하기에 자신을 보호하려고 변명을 하게 됩니다.

반면에 자존감이 높은 사람은 나와 다소 생각이 다르더라도 "아, 그렇군요. 그럴 수 있어요. 미처 거기까지 생각이 못 미쳤네요. 잘 알겠습니다"라며 넓은 마음으로 받아들이는 사람입니다. 남의 이야기를 경청하는 습관이 우리들을 성장하게 하는 소중한 태도가 될 것입니다.

叱られまいが言い訳の主だ

聞く耳を養うべし

부탁은 아무에게나 하는 것이 아니다
상대방의 역량을 잘 살펴보고 하라

 산책

'역량'이란 자신의 능력을 발휘하는 실행력입니다.

해결책이 추상적이거나 실행력이 모자라면 하수(下手), 실행력은 있으나 해결책이 일차원적이면 중수(中手), 문제의 해결책을 제시하고 실행하는 사람을 고수(高手)라고 합니다.

따라서 상대방에게 부탁을 할 때에는, 당면한 문제를 해결할 수 있는 역량이 가능한지를 잘 살펴보고 부탁해야 하겠습니다. 그것이 상대방에 대한 예의이며, 배려이기도 합니다.

頼み事は誰でもよいのではない
力量を見よ

◆ 7월 4일

화났을 때는 몸이 경직되지 않는가
이를 주의하면 좋은 약이 된다

📖 산책

사소한 일에도 쉽게 흥분하고 버럭 화를 내는 사람은 대부분 광장한 에너지를 발산하기 때문에 무척 피곤합니다. 참다못해 분통을 터트리는 그 순간에도 몸이 경직됩니다.

그럴 땐 모든 실패의 원인은 내게 있다고 생각하고, 자기 조절 능력을 키워서 부정적으로 치닫는 감정을 없애는 것이 중요합니다.

화를 잘 다스리게 되면, 신체적으로도 정신적으로도 안정이 되고 매우 좋은 약이 될 것입니다.

怒った時は体が硬くなっていないか
気付けば良薬だ

죽음은 인간의 종착역이다
이를 깨달으면 마음속의 분쟁도 사라진다

 산책

인간은 죽으면 모든 것이 끝나는가?

모든 사람은 죽음 앞에서 겸손해집니다. 누구나 결국 흙으로 돌아가는 대자연의 이치를 깨닫는다면, 죽음의 허무에 사로잡히지도 않으며 또 삶의 쾌락에도 매달리지 않게 될 것입니다.

이해관계 안에서 서로 손익을 따지고 분쟁하는 모습도 자연히 사그라지리라 봅니다. 마음이 평화로운 정도를 걷게 될 것입니다.

死は人間の終着駅である
それを悟れば争いもなくなる

깨우침과 지혜는
삶의 수정을 위한 것이다

📖 산책

이제 우리는 대자연의 이치를 깨닫고 어떻게 실천할 것인가에 지혜를 집중할 때입니다. 이제라도 순리적인 삶을 위해 조금씩 마음을 비우다 보면 정말로 소중한 것들이 눈에 들어올 것입니다. 비록 큰 선물이 아니라도 주변에 숨어 있던 작은 행복들이 다시 보이기 시작하겠죠.

또 자신이 처한 위기상황과 자신의 모습을 그대로 직시하고 인정하는 순간, 지혜롭게 시작해야 한다는 것을 깨닫고 끊임없이 수정하며 바른 길을 걸어야겠습니다.

気付きと智恵は
修正の為に持っている

깨우침은 신이 주는 선물이다
감사하게 여겨라

 산책

소크라테스가 전하는 '참다운 앎'에 대한 깨우침은, 신의 정의, 진리에 대해 믿고 끊임없이 그 세계에 도달하기 위해 노력을 할 때만이 가능하다고 합니다.

진리의 세계와 일치하게 되면, 집착하고 채우는 지식 습득만을 강조하지 않으며 비우고 덜어 내는 방법을 깨우치게 될 것입니다.

시행착오를 겪으며 깨달아가는 세월의 흔적은 자신도 모르는 사이에 점점 익어가면서 겸손함과 평온의 빛을 발하게 됩니다. 감사하게 받아들입시다.

気付きは守護神からの通信だ
ありがたく思え

세상은 고통으로 가득 차 있다
이를 어떻게 유효하게 사용할지가
인간이 가져야 할 지혜다

📖 산책

"세상이 고통으로 가득 차 있다고 해도, 동시에 세상은 그 고통을 이겨 내는 것으로도 가득 차 있다"라고 말하는 헬렌 켈러는, 절망과 고통 속에서도 인간 승리를 이루어 낸 삶의 주인공입니다.

역경을 극복해 나가다 보면 희망의 날이 반드시 찾아올 것이라는 지혜를 가르쳐주고 있어요. 따라서 고통과 씨름하며 함께 살아가는 것 또한 삶의 지혜입니다.

그렇게 하면 마음이 평화로워지고, 이 평온한 마음으로 생기와 활력을 찾아 지혜로운 삶을 살 수 있게 될 것입니다.

世の中は苦しさでいっぱいだ

これをいかに有効に使うかが人間の持つ智恵だよ

인간은 태어나서 병들고 늙어 죽는다
누구 한 사람도 특별은 없다

📖 산책

생·노·병·사는 어느 누구에게도 예외란 없습니다. 태어나서 세상 떠날 때까지 질병 없이 온전한 몸으로 살아내기가 결코 쉬운 일이 아니기 때문입니다. 질병의 고통은 나이가 들면 찾아오는 단골손님이겠지만, 자신의 잘못된 습관이나 불균형의 문제로 질병이 찾아왔다면 자신을 돌아보고 바로 잡으라는 신호이기 때문에 서둘러 자기관리를 해야 합니다.

아름다운 생의 마무리를 위하여 지혜롭게 자연의 질서에 부합하는 삶을 살아가도록 노력합시다.

生まれて病み老いて死ぬ
誰一人特別はない

◆ 7월 10일

결론부터 말하는 것이 소통하기 쉽다
그 이유나 설명은 나중에 하라

 산책

사실을 알기 쉽고 간결하게 효과적인 소통을 하려면 어떻게 하면 좋을까요? 핵심을 빠르게 전달하는 오레오 맵(OREO MAP) 기법을 활용해봅시다. 의견(Opinion)-이유(Reason)-사례(Example)-의견(Opinion)의 순서로 결론부터 의견을 밝히고 이유와 사례 및 근거를 중심으로 다시 한 번 핵심 내용을 강조하며 마무리하면 상대방이 납득하기가 수월할 것입니다.

자신의 명쾌한 소통법을 통해 자존감과 존재감을 발산해보시길 바랍니다.

話は結論からの方が通りやすい
理由や説明は後でよい

무리해서 얻게 되는 삶은 자유롭지 못하다
깨달음과는 상당히 먼 길이다

 산책

'남에게 행복해 보이는 삶'과 '내가 스스로 행복한 삶' 중에 가치 있는 삶은 무엇일까요? 전자를 선택한다면, 남에게 과시하고 보여지는 외적인 결과만을 좇아가는 삶이라서 절대 자유롭지 못할 것입니다. 왜냐하면 물질을 누리는 만족감은 짧은 순간일 뿐, 결코 진정한 행복이 아니기 때문입니다.

반면에 후자를 선택한 사람은, 자신의 가치관을 소신 있게 밝힐 수 있으며 어떠한 어려움에도 극복하고 스스로 성장하여 더 값진 자신의 행복을 찾게 됩니다.

無理に得る道は不自由なり
悟りにはほど遠い道

◆ 7월 12일

집착을 끊어 버리면 마음이 편해지지
보통 일반적이고 당연한 것이 답이다

 산책

매사 무리하게 강행하기보다 그 집착을 끊어 버리면 일이 술술 풀리는 경우가 많지요. 누가 봐도 늘 당연하다고 여겨지는 것, 그게 바로 답입니다. 집착했던 물건이나 마음을 끊고 버리면 오히려 해방감을 느끼게 되어 몸도 마음도 편해집니다.

물건을 소유한다는 것은 한편으로는 소유를 당하는 것이며 얽매인다는 뜻입니다. 단호하게 끊어 버리는 것은 포기가 아니라 성장이 될 것이며 깨달음의 길입니다.

切り捨てる道は気が楽だ
常に当たり前を出せ

224   365일 삶의 지침서

깨달음의 길에 덤은 필요 없지
무거운 짐이 될 뿐이다

 산책

법정스님은 《오두막 편지》에서 "내 소망은 단순하게 사는 일이다. 그리고 평범하게 사는 일이다. 느낌과 의지대로 나답게 자연스럽게 살고 싶다"라고 깨달음을 주십니다.

'나답게' 산다는 것은 어떤 모습일까요? 단순하게 살아야 '나의 일'에 집중하고 몰입할 수 있을 것입니다.

반면에 물질의 풍요로 편리함의 노예가 되면, 생각과 에너지가 흩어져 나답게 살기는 더 어렵습니다. 필요 이상의 것은 짐이 될 뿐이라는 무소유의 정신이 읽혀집니다.

悟る道には余分はいらぬ
重荷となるだけ

삶의 길에 남는 것은 가르침뿐
눈에 보이는 것들은 사라져 버린다

 산책

'눈에 보이는 것이 전부가 아니다. 뛰어난 화가는 그리지 않고 서도 모든 것을 다 그린다. 훌륭한 시인은 말하지 않으면서 다 말 한다'라는 의미심장한 말을 새겨봅니다.

눈에 보이는 것은 언젠가는 사라지고, 어떤 형태로든 변하기 때문에 영원불멸한 것은 없다는 이치이지요.

우리 눈에 보이지 않는 것들을 보기 위해서는 진실의 눈을 가 질 수 있는 수행이 필요하겠습니다. 세상을 살아가면서 우리에게 남는 건, 눈에 보이지 않는 심오한 가르침뿐입니다.

人道で残るものは教えだけ

形有るは消えてしまう

인생은 싸움의 연속이다
지혜를 짜내 몰입하는 데 게을리 하지 마라

📖 산책

우리의 삶은 하루하루가 마치 전쟁의 연속이라 할 수 있습니다. 살면서 가장 힘든 싸움은 자기 자신과의 싸움일 것입니다. '자신과의 싸움에서 이길수록 건강해진다'는 말처럼 자신의 욕심·충동등을 싸워 이겨내고 진정 내가 원하는 길을 찾아서 나아가야 하겠지요.

매사 무사안일하게 생각하고 부족함이 없는 일상 속에서는 결코 얻을 수 없는 소중한 깨달음이 있을 겁니다. 지식보다 지혜를 짜내서 인생 공부에 몰입하는 데 게으리하지 않도록 합시다.

人生は常に闘いである
智恵を使え 工夫を怠るな

인생은 나 홀로 여행이라고
가슴에 새긴 사람이야말로
깨달은 사람이라고 말할 수 있다

 산책

셀프 심리 코칭 전문가인 카트린 지타는 저서 《내가 혼자 여행하는 이유》에서 "혼자 여행을 떠나는 이 시간이 바로 당신의 가능성을 묶고 있던 닻줄을 풀고 출항하는 시간이다. 모든 인생은 혼자 떠난 여행이다. 혼자 행복할 수 있어야 자신이 원하는 대로 살아갈 수 있다"고 말하고 있습니다.

인생이 외로운 여정(旅程)이라는 순리를 아는 사람이야말로 깨달은 사람이라 할 수 있을 겁니다.

人生は一人旅だと 腹に入れた者こそ
悟り人と言える

말은 천사가 되기도 악마가 되기도 하지 신중히 사용하라

 산책

《탈무드》 내용 중에 랍비가 제자에게 "세상에서 가장 좋은 것과 가장 나쁜 것을 찾아 상자에 담아오라" 하니, 두 상자에 모두 '혀'를 담아왔다고 합니다. 혀는 천사가 되어 사람을 살리기도 하지만, 상대방에게 상처를 주고 죽이기까지 하는 악마가 되기도 합니다.

사람이 받는 상처 중에 '말로 인한 상처'가 가장 아프다고 합니다. 철학자 스피노자는 "인간에게 혀를 다스리는 일보다 어려운 일은 없다"고 할 정도로 시사하는 바가 큽니다.

言葉は天使であり魔物でもある
慎重に使え

◆ 7월 18일

남에게 '덕분에'라는 말을 들었다면
깨달음의 길에 있음이니라

📖 산책

부처님의 인연법에서는 '좋은 인연을 맺는 것은 관심과 노력을 통해 얻어지는 것'이라고 합니다. 노력의 보상으로 받을 수 있는 것이 바로 상대방으로부터 듣게 되는 '감사합니다, 덕분입니다'라는 말입니다. 그것은 상대방에게 보여준 관심과 노력이 인정받고 있다는 증명인 셈이지요. 이는 깨달음의 길 위에 있다고 봅니다.

어려움에 처한 상대방에게 다가가서 도움을 주려는 관심과 노력이 더욱 절실하게 요구되는 지금입니다.

人からお陰さまと言われたら
悟り道なり

자신의 실패를
사회 탓으로 돌리는 사람은
나락으로 떨어질 수밖에 없음을 알라

산책

공자는 "군자는 자신에게서 잘못의 원인을 찾고 소인은 남에게서 그 원인을 찾는다"라고 말합니다.

모든 일의 원인과 결과를 살펴보는 데 있어서 가장 먼저 할 일은 자신을 먼저 돌아보는 것이지요. 즉 자신이 발전하게 되는 원동력은 스스로를 성찰하는 것에서부터 시작됩니다.

자신의 실패를 세상 탓으로만 돌리고 자신의 상황을 바꾸기 위해 어떠한 노력도 하지 않는다면 낙오자가 될 수도 있습니다.

自分の失敗を 社会の所為にする人は
落ちるより他はないと知れ

진정한 일에는 안정감이 필요하다
임시방편으로 모면하려 하지 마라

 산책

모든 일에는 심리적인 안정감이 가장 중요합니다.

하버드대학 에이미 에드먼슨 교수는 〈팀워크와 의료과실 관계의 연구〉에서 팀워크가 좋은 팀은 개방적이어서 자신들의 실수를 기꺼이 인정하고 구성원과 공유하며 문제를 해결하기 때문에 훨씬 심리적 안정감을 갖고 성장할 수 있었다는 결론입니다.

반면에 실수를 모면하려는 팀의 특성은 신뢰가 깨지고 안정감이 없었지요. 매사 임시방편으로 둘러대고 처리하기보다 개방적인 태도로 소통하며 안정감 속에서 일을 해야 하지 않을까요?

真の仕事とは安定感が必要だ

その場つなぎにならない様にせよ

가르치고 전하는 것은 큰 보시이다
오히려 은혜를 받았다고 생각하라

📖 산책

가르침이란 진정한 배움입니다. 새로운 배움을 발견하고 깨달았을 때, 그 배움이 곧 가르침입니다.

내가 배운 것을 아낌없이 남에게 가르치거나 전하는 것은 큰 베풂입니다. 좋은 기회라고 여기며 기쁜 마음으로 베풀면 되지요.

남을 보살피고 도와주며 알려주는 일은 내가 잘나서가 아니라 주어진 상황으로부터 은혜를 받았다고 생각하며 즐거움으로 받아들이면 존중받는 삶이 되리라 믿습니다.

教える 伝えるは大きな布施だ
させてもらったと思えよ

◆ 7월 22일

쓸모없는 배움으로
자신도 남도 기뻐할 수 있을까
시간 낭비다

산책

다산(茶山) 정약용은 선비의 기본조건으로 우선 생활 기반을 확보한 후에 학문과 지식을 추구해야 한다고 실학 정신을 강조했습니다. 당시 조선 사회의 선비들은 추위와 굶주림의 생활고는 뒷전으로 하고 아무 대책 없이 독서만을 미덕으로 여겼던 것입니다. 무책임한 가장의 태도를 지적한 것이지요. 무조건 학식이 높다고 해서 꼭 존경받는 것은 아닙니다. 나에게는 기쁨이 되고 남에게도 도움이 될 수 있는 배움이 진정 의미 있는 삶이 될 것입니다.

役に立たない学びで
自分も人も喜べるか 時間の無駄だ

목적 없는 배움으로 무엇을 하자는 것인가
시간만 보내고 있지

 산책

배움의 궁극적인 목적은 좀 더 풍요롭고 유연한 삶을 사는 것입니다. 나아가 막힘없이 자연과 모든 사물에 두루 통하는 '통섭(通涉)'의 삶을 유연하게 살 수 있으면 좋겠습니다.

보다 폭이 넓어지고 더 행복하기 위한 삶의 지혜를 키워나가는 것이 중요하지요. 세상을 널리 이롭게 하는 이타주의 삶이 조화를 이루어 낼 것입니다. 자신의 가치관과 삶의 목적에 부합하는 계획을 세우고 배움을 실천할 때입니다.

目的のない学びで何をしようと言うのだ
時間だけが過ぎている

과거는 수만 번 돌이켜봐도
과거일 뿐이다

📖 산책

"우울한 사람은 과거에 사는 것이고, 불안한 사람은 미래에 사는 것이며, 평안한 사람은 이 순간에 사는 것이다"라는 노자의 명언처럼 마음이 현재에 있어야 행복합니다. 과거에 있으면 후회하고 미래에 있으면 불안하고 두렵기 마련입니다.

시인 롱펠로우는 "과거를 애절하게 들여다보지 마라. 다시 오지 않는다. 현재를 현명하게 개선하라. 희미하게 다가오는 미래를 두려움 없이 맞이하라"고 조언하고 있습니다. 지금 이 순간을 오롯이 즐기며 최선을 다합시다.

過去は何万回も繰り返しても
過去である

생물은 살기 위해 다른 생물을
희생시키고 있다
이를 깨달으면 무엇인가를 할 수 있다

 산책

다윈의 진화론에 의하면 모든 생명체는 종족을 보존하고 살기 위해 부득이 다른 종족과 싸워 이겨야 한다는 '적자생존', '약육강식'의 이론이 탄생합니다.

여기서 우리 인간은 깨달음을 통해 타인을 희생양으로 삼지 않고도, 보다 행복하고 나은 삶을 사는 방법을 고민해야 하겠습니다.

인간 본연의 도덕성을 깨닫고 인간의 행동에서 요구되는 이타주의의 실천이란 무엇인가를 다시 한 번 생각하게 해주는 시간입니다.

生物が生きる為に 他の生物を犠牲にしている
これを悟れば何かが出来る

인간은 장점을 살리면
단점이 흐려지게 된다
생각의 전환이 그 비결이다

📖 산책

성격은 양면성이 있습니다. 상황에 따라 장점이 약점이 될 수 있으며 단점을 극복하면 되레 강점으로 부각되기도 합니다. 단점을 보완하고 장점을 극대화 시키는 지혜를 찾아보세요.

우선 본인의 장점과 단점을 적어보고 살펴보면 서로 상통하는 것을 발견할 수 있을 것입니다. 여기서 다른 관점에서 바라보고 긍정적인 측면으로 접근하게 되면 단점이 잘 안 보이게 되고 오히려 장점으로 살릴 수 있습니다. 가장 큰 문제는 자신의 단점을 지레 두려워하는 것이 아닐까요?

人間 長所を伸ばすと 短所がかすんでしまう
想像をうまく使う秘訣だ

자신도 남도 치우침 없이
평가할 수 있는 사람이
성공의 길을 걷고 있는 사람이다

📖 산책

"다른 사람을 평가하는 것보다 자신을 평가하는 것이 더 어려운 법이지. 너 자신을 판단할 수 있다면, 너는 진정 지혜로운 사람이니라." 《어린 왕자》의 명대사입니다. 타인의 잘못은 쉽게 지적하지만, 내 잘못을 객관적으로 알아차리기는 어려운 일입니다.

성공의 길을 걷기 위해서는 '통찰'이 필요한 시대입니다. 예리한 관찰력으로 사물과 상황을 꿰뚫어보는 통찰력을 갖추어 자신을 엄격한 잣대로 평가하고, 자신도 남도 편중됨이 없이 공정을 발휘해야겠습니다.

自分も人もそれなりに評価出来る人が
成功道にいる人だ

인간은 자신의 의지보다
강한 상상력을 가지고 있지
널리 많이 활용하여야 한다

 산책

"아침은 어떤 아침이든 즐겁죠. 오늘은 무슨 일이 일어날지 생각하고 기대하는 상상의 여지가 충분히 있거든요." 초 긍정의 아이콘이라고 할 수 있는 《빨간머리 앤》의 명대사입니다. 이 무한한 상상력은 긍정적이고 열심히 노력하는 사람에게 찾아오게 됩니다. 발전적인 미래를 꿈꾸게 하는 큰 힘이 되지요.

상상력을 많이 펼칠수록 자신의 역량이 충분히 발휘되고 실현 가능성이 높다고 합니다.

人間は自分の意志より強い想像力を持っている
多いに利用すべし

자신의 인생에 몰두하고 있는가
스스로의 행보를 잘 알아야 할 것이다

📖 산책

살다 보면 '인생의 길은 직선이 아니라 곡선이다'라는 말이 와 닿습니다. 구불구불한 곡선을 오르락내리락하면서도 방향을 잃지 않으면 된다는 일념으로 스스로의 행보를 제대로 알고 갈 수 있도록 준비할 시간이 필요합니다.

인생이란 여정에서 분명한 방향이 없다면 길 위에 서서 어디로 갈지 당황하고 방황하게 되겠지요. 먼저 내 삶이 어디로 가고 있는지 살피고, 무엇보다도 현재 자신의 발자취가 미래에 꼭 필요한 것인지 꼼꼼하게 잘 따져봐야 하겠습니다.

自分の人生に工夫をしているか
その為にも自分の歩みをよく知ることだ

한 아이를 어엿한 인격체로
인정하는 마음이 깨달음을 연다

📖 산책

"어른들은 누구나 처음엔 어린아이였지. 그러나 그것을 기억하는 어른은 별로 없어."《어린 왕자》의 말처럼 어쩌다 어른이 되어 보니, 더 공감이 가는 명대사입니다.

아무리 어린 아이라 할지라도 어엿한 하나의 인격체입니다. 이것을 깨닫고 인정할 때 아이와도 소통을 할 수 있고 새로운 관계가 가능해지게 됩니다. 새로운 세계를 볼 수 있는 마음의 창을 활짝 열게 해줄 것입니다.

一人前の子供は一人前として
認める心が悟りを開く

인간에게는 깨달음이라는 무기가 있다
그 순간을 소중히 여기자

 산책

조계종을 창시한 지눌스님은 '참선을 통해 진리를 깨닫는 것을 실천에 옮겨야 한다'는 돈오점수(頓悟漸修)를 설파하였습니다.

'돈오'는 참선(禪)과 수양을 통해 어느 순간 진리를 깨닫는 것을 의미하며, '점수'는 깨우친 바를 점진적으로 수행(실천)한다는 의미입니다. 열심히 살다 보면 문득 깨달아지는 순간이 오게 됩니다.

현재를 소중히 하고 철저히 했을 때, 과거의 아픔과 잘못을 돌아볼 수 있고 내일을 설계할 수 있으며 오늘을 참되게 살 수 있을 것입니다.

人間には気付きと言う武器がある
その瞬間を大切にせよ

8월

서로 나누며

8월 탄생화 : 양귀비
꽃말 : 위로 · 위안

손익을 따지면 친구가 될 수 없다
양보하는 마음을 길러라

 산책

《채근담》에서는 "좁은 길에서 한 걸음 물러서 다른 행인이 먼저 지나가게 하는 여유는 남을 먼저 배려하는 미덕이며, 이렇게 하는 것이 세상을 살아가는 가장 편하고 즐거운 방법이다"라고 양보의 미덕을 깨우쳐주고 있습니다.

득과 실로는 이해관계만 생길 뿐, 친구는 어느 날 갑자기 만들어지지 않습니다. 평소에 양보하는 마음을 길러야 참된 우정이 쌓이고 진정한 친구가 될 수 있습니다. 그 친구에게는 손익을 따지지 않으며 더 주고 싶은 마음이 인지상정이 아닐까요?

損得で仲間は出来ないぞ
讓る心を養え

부탁할 상대를 혼돈하지 마라
무슨 일이든 초점 맞추기가 중요하다

📖 산책

상대를 제대로 파악하기는 쉬운 일이 아닙니다. 어떤 일을 부탁하는 상대일 경우에는 더욱더 그러합니다. 그 상대방이 자신의 부탁을 들어줄 수 있는지, 먼저 상대방의 역량을 확인하고 살펴야겠지요.

우리가 상대방에게 어떤 부탁을 할 때에는 현재 그 사람의 상황이나 감정 등 상대방의 환경을 제대로 아는 것이 중요합니다. 어떤 일이든 어떤 상황이든 세밀하게 파악하고 효율적인 방법을 찾아 판단하는 것이 중요하겠습니다.

頼む相手を間違えるなよ
何事も焦点の合せが大事

어떤 어려운 이야기라도
구체화 시켜보라, 해결책이 나온다

📖 산책

입사 면접에서 무조건 "뭐든 시켜만 주시면 다할 수 있습니다." 의욕은 넘치지만 내용 없는 대답입니다.

자신의 역량을 구체적으로 제시해야 하거든요. 그동안 쌓아온 경험과 노력의 흔적 등 자신만의 차별화된 스토리와 일에 부합하는 내용을 이야기하면, 면접관은 높은 평가를 할 것입니다.

자신의 계획과 비전을 보다 구체적으로 인생 로드맵을 그리고 관리했으면 합니다.

どんな難しい話であっても
具体化してみろ 解決に向かう

◆ 8월 4일

갖고 싶은 물건을 가능한 구체화 해보라
줄어들게 된다

 산책

당신, 계획 없이 충동구매를 하고 후회한 적은 없으신가요?

구입해야 할 물건에 대해 필요한 이유를 구체적으로 따져보면 상대적으로 굳이 사지 않아도 된다는 결론이 나올 수 있습니다. 불필요한 이유를 찾게 되는 셈이지요.

이렇게 조금만 더 생각해보면, 충동소비를 통제하고 내게 꼭 필요한 것만 사들인다면, 물건이 줄어들게 되고 심플한 미니멀라이프를 즐길 수 있을 것입니다.

欲しいものは出来るだけ具体的にしてみよ
少なくなる

모든 것을 떠맡지 마라
끊고 버려야 몸도 마음도 편해진다

 산책

"무소유란 아무것도 갖지 않는다는 것이 아니라 불필요한 것을 갖지 않는다"는 뜻이라고 법정스님은 알려 주십니다. 적게 가지고도 만족하며 작은 것에도 감사한다면 행복을 누릴 줄 아는 사람이라 할 수 있습니다.

삶을 옥죄고 있는 많은 것들을 비워내야 몸과 마음이 가벼워질 수 있다는 것입니다. 일상의 주거공간도 단순하고 간소할수록 여백의 가치가 훨씬 돋보이게 된다는 사실을 체험해보시기 바랍니다.

人生は物事を抱え込むな
切り捨てるを知れ 気も身も楽

분노는 신용을 떨어뜨리는 재료다
삼가야 한다

📖 산책

분노 조절 장애의 증상은, 통제가 불가능한 것이 특징입니다. 참다못해 분노가 치밀어 올라오면, 자기통제가 어렵고 공격적인 행동으로 이어질 수 있기 때문에 절대 삼가해야 합니다.

사소한 일에도 쉽게 분노하게 되면, 건강에 좋지 않으며 인간관계도 신용이 떨어지고 나빠지게 되므로 얻는 게 하나도 없습니다. 이럴 때는 억지로라도 잠깐 눈을 감고 심호흡을 해보세요. 그러면 자신이 스스로 통제해야 함을 알아차리게 될 것이며 진정이 될 것입니다.

怒りは自分の信用を落とす材料だ
慎むべし

자만심이 인생에 방해가 된다
자신을 검증해보는 것이 좋다

 산책

　자만심이란 '자신이나 자신과 관련 있는 것을 스스로 자랑하거
나 거만하게 뽐내는 마음'을 말하며, 겸손은 '남을 존중하고 자기
를 내세우지 않는 자세'를 뜻합니다.

　'벼는 익을수록 머리를 숙인다', '능력 있는 매는 발톱을 감춘다'
고 하는 속담의 뜻을 새겨봅시다.

　자신의 능력을 자만하지 않고 남에게 내세우지 않는 겸손한 자
세를 갖춘 사람이야말로 훗날 세상을 이롭게 펼쳐나가고 자신의
역량을 발휘할 것입니다.

　自惚れが人生の邪魔をしている
　自分を検証してみるがよい

◆ 8월 8일

질투, 미움, 분노, 사치도 인간 때와 같으니
버리는 것이 하늘의 도리(天道)이니라

 산책

질투, 증오, 분노, 사치는 사람 몸의 때와 같은 것, 깨끗이 씻어 버리고 겸허하게 꾸준히 정진하는 생활인이 되었으면 좋겠습니다. 분노로 인해서 가장 많이, 그리고 크게 상처를 받는 이는 결국 자기 자신이라는 사실을 깨닫고 이를 해소하려는 노력을 게을리 하지 말아야겠습니다.

분노를 떨칠 수 있어야 비로소 하늘의 도리를 깨닫게 될 것입니다.

嫉妬 憎しみ 怒り 奢りも人間垢
捨てて天道なり

싫다고 생각되는 사람에게는 가까이 가보라
의외로 접점이 있을 것이다

 산책

'싫어하는 사람을 상대하는 것도 하나의 지혜'라는 그라시안의 말처럼 싫은 사람이지만 내 쪽에서 먼저 한 발 다가서 보십시오. 의외로 예상치 못했던 따뜻한 관계를 확인할 수 있을지도 모릅니다.

자신을 처음부터 좋아해주던 사람보다, 싫어하다가 그 사람을 더 좋아하게 된다는 호감득실(好感得失) 이론을 기억 속에 꼭 챙기시길 바랍니다. 다른 사람이 변하기를 기대하기보다는 나 스스로가 변하는 것이 쉽다는 사실도 기억하면 좋겠습니다.

嫌だと思う人には近よってみろ
意外と折れ合いがある

◆ 8월 10일

맹목적인 애착
매일같이 뒤집어쓰고 있어
남도 나도 다 망치는 집착이지

📖 산책

흔히 부모가 자식에게 아낌없이 주는 사랑을 맹목적인 사랑이라고 합니다. 그런데 이 맹목적인 사랑이 자식을 그르치는 경우가 많습니다. 남을 배려하지 않고 내 아이에게만 사랑을 주는 맹목적인 사랑은 집착이기 때문입니다. 자식뿐 아니라 주위 사람들과의 관계에서도 마찬가지입니다.

집착으로 상대를 옭아매려 하면 나도 남도 얼마나 피곤한 삶을 살게 될까요? 진정한 사랑이란 같은 방향을 바라보며 멀리까지 함께 걷는 것입니다.

溺愛冠り 毎日のように 被っているぞ
人も自分も駄目にする 冠りだ

남을 배려하고 신경쓰는 데 지쳤다면
미련 없이 마음을 내려놔라
집착을 버려라

 산책

배려는 '마음씀씀이' '보살피고 도와줌'의 뜻으로 참 따뜻한 단어입니다. 그러나 한편으로는 '지나친 배려는 독'이라고도 하지요. 가령 상대방에게 부탁받으면 무조건 도와주어야만 배려라고 생각하고 억지로 떠맡아서 고단한 삶을 사는 사람도 있습니다.

하지만 현실적으로 못하겠으면 상대방이 다른 방법을 빨리 찾을 수 있도록, 용기내서 거절하는 것도 바람직한 배려입니다.

결국 지나친 배려는 나에게도 남에게도 득이 되지 않는다는 뜻입니다.

人間気づかいに疲れたら
いさぎよく引くことだ 執着をとる

부담으로 느끼는 일은 그만두는 게 좋아
집착을 버리는 거야

📖 산책

지금 당신은 '세상이 왜 나에게만 모질까요?' 하고 탓하고 계신
가요? 혹시 내 스스로 그런 세상을 만들고 있지는 않은지요?

잘 살펴보고 나에게 부담으로 다가오는 일은 그만두는 편이 좋
겠어요. 심신이 힘들어지기 때문입니다. 내가 할 수 있는 일이 있
고 할 수 없는 일이 있답니다.

일이 힘에 부치지만 집착하기 때문에 부담스러워하는 것은 아
닌지 스스로 짚어보고 진정 내가 좋아하며 잘할 수 있는 일을 찾
으면서 살아갑시다.

負担に感じる事はやめた方がよい
執着心とりだ

자기 입장에서만 홀가분하다면 민폐가 될 수있다는 사실을 명심하고 삼가하시기를…

 산책

'기소불욕 물시어인(己所不欲 勿施於人)'. 내가 하고 싶지 않은 일은 남에게 시키지 말라는 공자의 가르침입니다.

내 기준으로 내 입장에서는 아무것도 아니라고 생각한 것이 오히려 옆 사람에게는 폐가 될지도 모른다는 생각을 하기 바랍니다.

상대방의 처지에서 바라보는 역지사지(易地思之)를 실천해야 할 때입니다. 상대방의 생각이나 감정을 매우 소중히 여기고 있음을 보여주면 상대방도 마음의 문을 열고 내 생각을 받아들여주지 않을까요?

自己都合での身軽さは
はた迷惑と知るべし 慎みなさい

인생길에서 '어차피'라고 말하면
숨이 막혀버린다
좀 더 신중하라

📖 산책

'어차피' 나는 안될 거야… 등의 포기하는 말, 부정적인 말은 자신은 물론 주변인을 힘들게 하는 표현입니다. 이런 말을 들으면 답답해지지요. '어차피'라는 말로 마치 인생 끝을 보는 것처럼 결론 내려고 하지 마세요.

미리 결론 내고 포기해 버리면 자신뿐 아니라 주위 사람들까지 힘들게 하니까요.

부족함을 깨달았다면 더욱 끊임없이 정진해야 할 것입니다.

人生街道で「所詮」を出したら
息がつまってしまうぞ もっと工夫せよ

◆ 8월 15일

인생길에서 '결국'이라고 쉽게 말하지 말라
좀 더 신중해야 해

 산책

　범죄학의 낙인 이론(Labeling theory)은 어느 특정인을 일탈자로 인식하기 시작하면 그 사람은 결국 범죄인이 되고 만다는 것입니다. 사회가 그렇게 규정함으로써 결국은 부정적인 결과를 낳게 되는데 우리의 일상에서도 마찬가지입니다.

　생각이 말이 되고 말이 행동이 되며 행동이 습관이 되어 그 습관으로 삶이 정해진다고 하지요. '결국 이렇게 되고야 말았네' '결국은 실패했네' 등의 부정적인 결과를 함부로 내뱉지 맙시다.

　열심히 노력하는 나에게 긍정의 에너지로 파이팅을 외쳐주세요.

　人生街道で「とどのつまり」を出したら
　終わりになる　工夫せねば

갖고 싶은 것을 손에 넣지 못하면
기를 쓰고 가지려 하지
"필요 없어!"라고 용기를 내야 해

산책

사실 꼭 필요한 물건도 아닌데 허영심 때문에 원하고 있지는 않은지요? 자신의 내면을 잘 살펴봐야 합니다. 그것은 불필요한 채움의 욕구이지요. 갖고 싶은 것이 내 손에 들어오지 않는다고 대놓고 욕심내면 나 자신은 초라해지고 주변 사람이 힘들어질 거예요. 이럴 땐 "그까짓 거 필요 없어!"라고 말할 수 있는 것도 용기입니다.

삶을 윤택하게 하는 지혜는 남의 삶을 부러워하고 여기저기 기웃거리다가 낭비하는 시간을 내 삶을 다듬는 데 쓰는 것이랍니다.

欲しい物が手に入らないと
むきになって欲しがる「いらぬ」の勇気を出せ

단 한 가지라도 좋으니
남을 위해 힘써봐 좋은 날이 올 거야

 산책

시인 안도현의 시 〈연탄 한 장〉이 생각납니다.

"삶이란 나 아닌 그 누구에게 기꺼이 연탄 한 장이 되는 것… 연탄은, 일단 제 몸에 불이 옮겨붙었다 하면 하염없이 뜨거워지는 것… 한 덩이 재로 쓸쓸하게 남는 게 두려워 여태껏 나는 그 누구에게 연탄 한 장도 되지 못하였다네…"

여기서 묻고 싶어요. 내 한몸 불살라 누군가를 위해 연탄 한 장이 되어본 적이 있는지를… 누구에게 한 번이라도 뜨거운 사람이었는지를….

一つでもよい

人の為に尽くせ いい日が来る

사람 기분을 모르는 사람은
사회로부터 외면당하지
더욱 성장하라

 산책

남을 이해한다는 것의 출발점은 무엇일까요? 그것은 먼저 자신의 감성을 알아차리고 자신을 적절하게 조절할 줄 아는 능력이 요구됩니다. 원만한 대인관계를 위해서는 자기 자신을 관리하고 타인의 처지를 이해하고 공감할 줄 아는 능력이 필요합니다.

우리 사회는 남의 기분을 배려하지 않는 사람에게는 친구가 없으며 도태되기 쉽거든요. 우리 함께 성장하기 위해 서로 존중하고 보살피며 살아갑시다.

人の気持ちが解らない人は
社会から置いて行かれる もっと成長しろ

내게 닥친 나쁜 일, 잘 풀리지 않는 일
남 탓으로 돌리고 있지 않은지, 큰 잘못이다

산책

'잘 되면 제 탓, 못되면 조상 탓'이라고 합니다. 특히 실패하면 그 책임을 모두 남의 탓으로 돌리고 운명을 탓하는 것이 일반 사람들의 행태입니다. 실은 다 자신의 탓임에도 말이죠. 인간이 가진 나쁜 버릇 중 하나이고 큰 잘못입니다.

남 탓을 하는 그 순간은 위안이 될지 모르지만 결국 그 화살은 고스란히 자신에게 돌아오게 된다는 사실을 잊지 맙시다. 남 탓을 하기보다 '당신 덕분에 일이 잘 되었어요'라고 말했으면 좋겠네요.

自分の都合で悪い事 うまく行かない事
人の所為にしていないか 大罪なり

욕심에서 벗어나려고 해도 벗어날 수 없다
이것이 인간의 본성이다
힘들지만 더 노력하라

📖 산책

루소는 "잉여가 탐욕을 눈뜨게 하는 것이니, 보다 많이 소유할수록 보다 더 희망하게 된다"라고 탐욕적인 인간의 본성을 지적하고 있습니다.

머리로는 욕심을 비우고 싶지만 막상 잘 안 되는 것이 인간입니다. 하지만 아무리 보기에 좋고 탐나더라도 무턱대고 소유하려들면 안 될 것입니다. 세속의 물질적 탐욕은 자신의 망가뜨리는 야누스의 얼굴을 하고 있지요. 나 자신을 지키기 위해 스스로 만족할 줄 알고 균형 잡힌 삶을 살아야겠습니다.

欲から離れようと思って離れられない

これが人間の持つ性である 敢えて努力せよ

욕심을 버리는 것은 인간에게 어려운 수행이다
힘들지만 걸어가야 할 깨달음의 길이다

 산책

인간은 대부분 재물욕, 성취욕 등을 쉽게 버리지 못하는 습성이 있지요. 현명한 사람은 욕망을 조절하고 다스릴 수 있다고 하지만, 탐욕을 다스림이 쉬운 것은 아닙니다. 욕망의 레벨이 2라면 분노는 3정도, 탐욕 레벨은 7~8정도로 느껴진다고 합니다.

탐욕에 한번 빠져들면 어지간해서는 빠져나오기 어렵기 때문에 삶을 망치게 됩니다.

욕심을 버리고 살아야 인간은 비로소 평화를 얻게 된다는 사실, 이미 많은 분들이 깨달음의 길을 걷고 있지 않나요?

離欲は人間にとって難しい修行だ
敢えて歩む悟り道なのだ

◆ 8월 22일

의존하는 마음은 크든 작든
누구나 갖고 있다
인생의 해충인 것이다

 산책

의존심은 필요악이라 할 수 있습니다. 우리는 매일매일 누구에게인가, 또 무엇인가에 의존하면서 살아가고 있죠. 이처럼 사람이 정을 쌓으며 살아가는 데 떼어놓을 수 없는 것이 서로 의존하는 삶일지도 모릅니다.

여기서 문제는 지나친 의존을 말합니다. 의존심은 인간을 약하게 만들고 때로는 결정적인 폐를 끼치기도 하기 때문입니다. 또한 주체성을 잃게 하고 자립심을 증발시켜 버리기도 합니다.

의존심을 줄이고 자립심을 키워나가려는 노력이 필요하겠습니다.

依存する心は大なり小なり みんな持っている
人生の害虫なのだ

스스로 깨달은 일을
남을 위해 설득하며 길을 열어간다

📖 산책

사회생활을 하는 데 있어 꼭 필요한 것 중의 하나가 '대화'와 '설득'이 아닐까요. 아리스토텔레스의 '변론술'은 '특별한 지식 없이도 상대를 설득할 수 있는 방법'으로서 '상식'을 바탕으로 하여 상대를 수긍하게 하는 것이 핵심이라고 합니다.

설득에 있어 중요한 세 가지 요소를 '내용의 올바름, 듣는 사람의 기분, 말하는 사람의 인품'이라고 꼽고 있습니다. 자신이 깨달은 것이 있을 때, 그것을 남을 위해 설득하고, 그것이 남을 위할 수 있다면 이 또한 길을 열어가는 훌륭한 일이 될 것입니다.

自分で気付いた事を
人の為に説いて道は開ける

인간의 생각은 욕심에서 비롯된다
이것이 방황의 근원이다
육도(六道)¹의 더러운 때라고 알라

📖 산책

'사기를 당했다'는 사람들의 공통된 말은, 믿었던 사람에게 사기 당했다며 나를 부추기는 바람에 넘어갔다고 말하지요. 그런데 헛된 욕심이 없는 사람은 사기를 당하지 않습니다. 사람을 믿었다기보다 쉽게 큰 이익을 낼 수 있다는 감언이설에 솔깃했겠지요. 불로소득을 얻으려 할 때 사기를 당하는 법입니다.

욕심은 인간의 도리를 깨닫지 못하고 갈피를 못 잡는 근원이 됩니다.

人間の想いは欲から始まっている

これが迷いの元だ 六道の垢としるべし

---

1 육도 : 지옥·아귀·축생·수라·인간·천상의 6가지 세계

인간의 상상은 마음의 꼭두각시다
이에 지지 않는 사람들이 성공한 자다

📖 산책

인간의 허황된 꿈은 끝이 없으며, 또 주변 환경이나 사람들에 의해서 줏대 없이 흔들리게 되기가 쉽습니다. 뿐만 아니라 남의 인생에 기웃거리다가는 꼭두각시 인생이 되고 말겠지요.

순간순간에 흔들림 없는 자신만의 의지, 목표를 갖는 것이 중요하겠습니다. 심각한 삶에 직면하고서도 흔들림 없는 사람은 어떠한 역경에도 굴하지 않습니다.

어떠한 역경에도 다시 일어설 수 있는 마음의 근력을 키워나가야 하겠습니다.

人間の想像は心の絡繰りである
これに負けない人達が達成者だ

무엇을 하든 한계를 알아야 한다
중용이라는 말을 명심하라

📖 산책

그리스 신화에 나오는 이카로스의 날개 이야기는 우리에게 많은 시사점을 던져줍니다. 이카로스는 아버지와 미궁에 갇혔으나 밀랍으로 붙인 날개를 달고 하늘을 날아 탈출하지요. 아버지는 위험하다고 그의 아들 이카로스에게 경고를 했지만 어리석은 아들은 아버지 말에 귀를 기울이지 않았고, 결국 밀랍이 태양열에 녹으면서 이카로스는 바다로 추락해 죽고 말았어요.

과유불급, 지나치면 모자람만 못하다는 사실을 명심해야겠습니다.

何をするにしても限界を知ることだ
適量と言う言葉を腹に入れよ

주기 아까워하는 마음은
하늘의 도리는 고사하고
인간의 길에서도 통하지 않을 것이다

📖 산책

'남에게 나누어주는데도 더욱 부유해지는 사람이 있는가 하면, 마땅히 쓸 것까지도 아끼는데도 가난해지는 사람이 있다. 남에게 베풀기를 좋아하는 사람이 부유해지고, 남에게 마실 물을 주면 자신도 갈증을 면한다'는 좋은 말씀이 있습니다.

손에 쥐고 내어놓기를 아까워하면, 하늘의 도리는커녕 인간으로서 걸어야 할 길도 제대로 걷지 못하게 됩니다. 인색함을 멀리하고 콩 한 쪽도 나눠 먹는 마음으로 살자고요.

出し惜しみの心は
天道はおろか人間道でも通じまい

서로 나누는 마음은
천도(天道)를 쌓는 것이다
욕심을 내지 마라

📖 산책

　무소유의 삶을 산 법정스님은, "사람이 살아가는 데는 그렇게 많은 물질이 필요 없습니다. 행복의 비결은 작은 것을 가지고도 만족할 줄 아는 것입니다. 결코 많고 큰 데만 있는 것이 아니죠.

　작은 것을 가지고도 고마워하고 만족할 줄 안다면 그는 행복한 사람입니다"라고 말씀하시고 자신의 의지와 철학을 많은 사람에게 나누는 삶을 몸소 실천하셨지요.

　우리도 욕심내지 말고 마음을 비우고 서로 나누며 하늘의 도리를 쌓아나가도록 노력합시다.

　　分け合う心は天道積立てだ

　　欲心は出すなよ

인색함은
하늘의 도리와는 거리가 멀다

📖 산책

'풍취각여(豐取刻與)', 넉넉하게 취하고 각박하게 나누어준다는 뜻으로 욕심 많고 인색하다는 의미입니다. 주변에 돈을 쓰는 것에 너무 인색한 사람들이 있어요. 그런데 이렇게 주변에 인색한 사람치고 진짜 부자를 보지도 못했지만, 삶 또한 행복하게 보이지도 않지요. 재물에 욕심이 많을수록 천도를 걷는 기회에서 멀어질 것이기 때문입니다.

탐욕을 버리는 가장 좋은 방법은 더 많이 베풀고, 더 많이 봉헌하고, 더 자주 많은 사람과 나누고 함께 누리는 것이겠지요.

物惜しみは
天道通行には程遠い

◆ 8월 30일

하늘과 땅이 있음에 또 무사함에
감사한 적이 있는가

 산책

천지(天地), 세상을 살아가면서 아무 문제 없는 평안한 삶에 진심으로 감사해본 적이 있나요? 하늘과 땅은 인간에게 훨씬 많은 것을 가르쳐주고 있다는 사실을 잊지 마세요. 현대인은 각종 스트레스가 질병의 근원이라고 합니다. 그 원인은 마음의 상처와 부정적인 생각에서 나올 겁니다.

평소 당연하게만 여겼던 하늘과 땅의 존재를 느끼기 시작하면 하루하루가 즐겁고 매사를 긍정적으로 바라보면서 감사하는 삶을 살 수 있습니다.

天地の有る事 無事な事に
感謝をした事があるか

인간에게는 욕심이 있듯이
그 욕심에서 벗어날 수도 있다
이것이 인생의 갈림길이 된다

 산책

"인생은 B와 D사이의 C다." 철학자 사르트르의 말입니다.

인생이란 출생(Birth)과 죽음(Death) 사이에서 수많은 선택(Choice)을 하며 살고 있습니다. 선택의 갈림길에서 돈보다 신의와 의리를 택한 사례가 있습니다. 일본 프로야구의 쿠로다 히로키 투수는 메이저리그 뉴욕 양키즈에서 활약하던 중 연봉 200억원의 제안을 거절하고, 히로시마 팬들과의 약속을 지키기 위해 연봉 40억원의 히로시마 카프팀으로 복귀를 결정했다고 합니다.

욕심에서 벗어난 아름다운 선택이었습니다.

人間には欲が有るように 離欲も有る
これが人生の境となる

9월

있는 그대로

9월 탄생화 : 다알리아
꽃말 : 감사 · 화려 · 우아

기다리는 마음은 성장하는 힘이고
상대를 잘 알게 되는 길이기도 하다

 산책

'낚시꾼은 고기떼 몰려오기를 기다리고 장사꾼은 손님 오기를 기다린다'는 말이 있는 것처럼 병원에 입원한 환자는 완치되어 퇴원하는 날을 기다리고, 봉급 받는 직장인들은 봉급날만 기다리며 살다가 퇴직하는 날이 된다고 합니다.

기다림은 나를 돌이켜보게 하고, 상대에 대한 시야를 넓혀 줍니다. 즉, 기다리는 마음은 모든 것을 수용한다는 넓은 가슴의 표현이기에 미움도 집착도 없습니다. 다만 꾸준히 성장하기 위해 끈기 프로젝트에 도전해봅시다.

待つ心は伸びる力なり
相手を良く知る事にもなる

야단맞지 않으려는 마음이
변명을 불러오는 주범이다
자신의 삶을 잘 살펴볼 일이다

📖 산책

하버드대학의 하워드 가드너 박사는 '인간의 지능에는 언어지
능, 논리수학지능, 신체운동지능, 자기성찰지능 등이 있는데 그
중 자신의 역량을 알아차리고 꿈을 성공적으로 이뤄낼 수 있게 하
는 것이 자기성찰지능이다'라고 합니다.

즉, 자신이 누구인지 진지하게 생각하고 성찰하며 자신의 인생
을 지혜롭게 설계할 수 있는 능력입니다.

바쁜 일상 속에서 자신의 삶을 잘 살펴보고 스스로 보살피는 노
력이 필요합니다.

怒られたくないが言い訳の親玉だ
人生街道をしっかりみるのだ

아는 척하려니까 변명이 필요한 거야
잘난 척하는 것은 인생의 적이야

 산책

"잘난 척하는 것은 스스로를 약으로 독살시키는 것이다"라고 벤자민 플랭클린은 말합니다. 참 무서운 표현입니다만, 인간은 본능적으로 자신을 과시하고 싶어 하는 것이 사실입니다.

책《잘난 척의 기술》에서도 자신의 겸손함을 보이는 것이야말로 자신의 존재를 보다 더 잘 표현하는 무기라고 하였습니다.

나의 부족함을 자기합리화로 포장하여 잘난 척하는 허세나 가식은 인생길의 적이랍니다.

知ったかぶりするから言い訳がいるんだよ
背伸びは人生の敵

◆ 9월 4일

핑계는 게으른 마음에서 생겨난다
자신을 잘 살펴보아야 해

 산책

빠른 속도로 변화하는 세상이지만 여전히 그대로 남아 있는 것은 나의 습관이 아닐까요?

대체로 행복한 사람들이 공통적으로 가지고 있는 작은 습관들은 평소에 '건강 챙기기, 용서하고 불평하지 않기, 충분한 수면과 아침 일찍 일어나기, 배움에 대해 열려 있는 호기심, 타인을 존중하는 마음' 등이며 절대로 변명이나 핑계를 대지 않는다는 특징이 있습니다. 성공적으로 살기 위해 나의 작은 습관까지도 점검해보고 행복해질 수 있는 방법을 찾아봅시다.

言い訳は怠け心から生まれる

自分をよく見つめてみろ

노력하다 보면 탐내지 않아도
저절로 손에 들어오게 되어 있지

📖 산책

'진인사대천명(盡人事待天命)' 인간으로서 해야 할 일을 다 하고 나서 하늘의 명을 기다린다는 뜻입니다. 이 말은 세상에 저절로 되는 것이 하나도 없다는 진리가 숨어 있지요. 그러나 열심히 노력하게 되면 자신도 모르는 사이에 무언가를 이룰 수 있고 또 얻어진다는 세상의 오묘한 법칙이라 할 수 있습니다. 노력에는 언젠가 보상이 따르게 되기 마련이니까요.

지금 당장 눈앞에 보상이 없다고 포기하거나 실망하지 말고, 노력은 배신하지 않는다는 마음으로 살아갑시다.

努力が有れば欲しがらなくても
自然と手に入って来るものだ

◆ 9월 6일

끌어안고 사는 길은 고통의 길이다
걱정만 남을 뿐이지

📖 산책

세상을 살다 보면 늘 욕심이 생깁니다. 이 욕심, 저 욕심을 늘 끌어안고 살다 보니, 자연스레 걱정 근심이 끊일 새가 없지요.

매사에 모든 일을 떠안다 보면 한도 끝도 없습니다. 무거운 짐은 점점 더 쌓여 고통의 길이 되기만 할 뿐이죠.

때로는 내가 아니라도 세상은 돌아간다는 생각을 떠올릴 필요가 있습니다.

한발 물러설 줄 알고, 포기할 줄 아는 것도 진정한 용기라 할 수 있습니다.

抱えこむ道は苦しみの道だ
心配だけが残る

생명은 많은 보시로 지탱하고 있지
그러니 나도 남을 떠받들어야 해

 산책

아인슈타인은 '나의 삶은 현존하거나 이미 고인이 된 다른 사람들의 수고 덕택임을 잊지 않는다. 또한 내가 받은 것만큼 돌려주기 위해서는 스스로 열심히 노력해야 한다는 사실도 잘 알고 있다'고 말하고 있습니다.

이렇듯 보시란, 다른 사람에게 조건 없이 주는 이타정신의 극치라고 할 수 있습니다. 우리에게도 타인을 위해 봉사하는 삶과 서로 도우며 지지하는 삶이 중요합니다.

生命は多くの布施で支えられている
だから自分も他を支える事だ

화내는 사람의 약점을 살피고 어루만져봐 자연히 상대방이 나에게 다가올 거야

산책

상대방이 화가 난 이유를 잘 들어주고 공감하려고 노력하다 보면, 상대방 입장을 이해할 수 있을 것입니다. 투박하고 거칠게 화를 낸 사람에게 아끼는 마음을 고스란히 담아 그 성난 마음을 어루만져 주면, 오히려 상대방은 수그러들고 나에게 가까이 다가오겠지요.

상대방의 약점을 트집 잡기보다는 먼저 장점을 파악하고 어려움에서 기회를 찾을 수 있도록 포용하는 마음을 가져야 합니다.

怒だと思う人の弱点を捜せ
自然と向こうから近よって来る

대자연의 거대한 흐름에
역행하고 있지 않은가 검증해보자

📖 산책

인간은 자연을 '정복'하고 '다스리는' 존재가 아닙니다. 그런데 인간의 지나친 욕심으로 자연을 학대하며 사용했기에 환경문제와 자연의 생태문제가 발생하게 됩니다. 대자연의 흐름에 역행한 결과이겠지요. 이 모든 것이 인간이 초래한 일입니다.

이제 우리 모두는 자연의 섭리를 깨닫고 대자연과의 공생방법을 찾아야 하겠습니다.

소중한 가치들을 되찾기 위하여 자연과 함께 순리적인 삶을 일상 속에서 실천합시다.

大自然の大きな流れに逆らっていないか
検証してみよう

◆ 9월 10일

삶에 조급해하지는 않는가
우리 삶을 다시 돌아보자

 산책

"늦게 피는 꽃은 있어도 피지 않는 꽃은 없다. 너무 조급해하지 말라 하네. 천천히 가도 얼마든지 먼저 도착할 수 있으므로… "

이어령의 희망과 긍정의 메시지입니다. 끝까지 가 보지도 않고 망했다고 판단하고 성급히 결론 내리려고 하지 마세요. '판단'은 힘든 고비를 넘기고 나서 해도 결코 늦지 않으니까요. 삶은 패배했을 때 끝나는 게 아니라 포기했을 때 끝난다고 하지요.

항상 일상에 쫓기는 우리의 삶을 더 단단하고 행복하게 살기 위해 일과 삶의 균형을 맞추고 휴식을 취하며 마음 챙김을 합시다.

生きる事を焦っていないか
よく検証してみよう

무슨 일이 있어도 어떤 일이 일어나도
지금에 충실하면 그것으로 충분해

📖 산책

세상에서 중요한 3가지 '금'을 알고 계시나요?

돈을 상징하는 '황금'과 음식을 상징하는 '소금', 그리고 시간을 상징하는 '지금'입니다.

인간의 역사에서 '소금'이나 '황금'을 가치 있는 것이라 했습니다. 과거에는 물질적인 것에 가치를 부여했다면, 물질보다 상위 가치로서 우리는 '지금'의 중요성을 이야기하지요.

가장 소중한 '지금'을 최선을 다해 충실한 삶을 살아가야겠습니다.

どんな事が有っても起こっても
今が充実していればそれでよい

◆ 9월 12일

죽음을 두려워하는 사람은
죽은 자나 마찬가지다
염려하지 않는 사람이 진정 살아 있는 자이다

 산책

'생즉필사 사즉필생(生卽必死 死卽必生)'

'살고자 하면 죽고, 죽고자 하면 살 것이다'라는 뜻입니다.

위기 속에는 언제나 새로운 기회가 있고, 그 기회는 각오와 준비된 자만이 얻을 수 있다는 의미심장한 문구입니다. 이는 중국의 고전 〈오기병법〉에 나오는 문구로서 우리나라 이순신 장군이 인용한 유명한 말씀이지요.

위기에 대처하는 힘은 죽음을 각오한 자가 끝까지 살아남을 수 있다고 믿습니다.

死ぬを恐れる人は死人なり

気にしなきが活人である

광대한 하늘을 나는 새를 보라.
발자쥐는 어디에도 없지만
가슴을 활짝 펴고 있지
깨달음 있어라

 산책

'호랑이는 죽어서 가죽을 남기고 사람은 이름을 남긴다'는 말이 있습니다. 당신은 이름을 남기기 위해 필사적으로 살고 있나요? 살아서 무엇을 하였는가보다 어떤 사람으로 살았는가가 인간으로 살면서 가장 중요하다고 생각되어집니다.

새는 멋지게 하늘을 누비며 날아다니지만, 그 흔적을 공중에 남기지 않는 것처럼, 자신의 일을 굳이 생색내지 않고 그러나 제할 일을 묵묵히 해내는 모습이 최고 멋지고 감동으로 남을 것입니다.

大空をとぶ鳥を見よ
足跡は何処にもない胸をはっている 悟れ

◆ 9월 14일

오만한 사람은
남의 약점을 바로 틈타고 파고 든다
혐오스러운 인간이지

📖 산책

　타인의 결점이 쉽게 눈에 띈다는 것은 나 자신에게도 그와 똑같은 결점이 있기 때문이라고 합니다.

　이것을 깨닫지 못하고 남의 허점이나 부족한 면을 찾으면서 상대를 궁지로 몰아넣고, 그것을 즐기는 사람은 오만하고 야비한 사람이라 할 수 있습니다.

　이는 결국 남들에게 인정받지 못할 뿐만 아니라 기피하는 인물이 되어 따돌림을 당하기 쉽습니다.

傲慢な人間は 人の弱みにすぐ付け込む

嫌われ人間と知れ

인간의 몸 대부분이 물로 이뤄져 있다
이는 우주의 시작부터 계속 이어지고 있다
존귀한 생명을 소중히 하라

 산책

물은 우리 인간의 생명을 유지시켜줄 뿐 아니라 모든 생물들이 존재하기 위한 필수적인 요소입니다.

인간의 몸은 약 70%가 물로 구성되어 있으며 물이 부족하면 몸 전체의 생리 과정에 이상이 발생한다고 합니다. 몸에 필요한 거의 모든 성분은 물에 녹은 형태로만 흡수되고 작용하기 때문입니다.

모든 생명체에 없어서는 안될 물의 소중함을 다시 한 번 일깨우는 오늘이기를 바랍니다.

人間程んどが水で出来ている
そして宇宙の始まりからつづいている 尊い命をおもえ

물건 정리는 좋지만 버리는 데도 방법이 있다.
뒷사람이 곤란하지 않도록 해야 해

 산책

'단(斷) 사(捨) 리(離)' '끊고 버리고 떠나라'

물건을 정리하려면 끊고 버리고 떠날 줄 알아야 합니다. 불필요한 물건을 최소한으로 줄이고, 꼭 필요한 물건들로만 채우면 공간도 넓어지는 효과가 있을 것입니다.

정리정돈된 미니멀 라이프를 실천하면, 버리는 데도 최소화되기 때문에 버리는 짐도 가벼워지겠지요. '떠난 자리가 아름다워야 한다'는 말은 우리에게 깨우침을 주는 소중한 격언입니다.

物事の整理はよいが捨て方がある
後の者が困らないようにすべし

어디에서도 어떤 일에도
통하는 생각이 풍요라고 말하지
그렇게 되고 싶지 않은가

📖 산책

앞뒤가 탁 트인 상태 또는 세상의 이치에 통달한다는 의미로 만사형통(萬事亨通)이라고 하지요. '모든 일이 뜻한 바대로 잘 이루어짐'을 뜻하는 말입니다. 진정한 만사형통은 '내 방식대로'의 형통이 아니라 자연 그대로, 우주적인 방식 그대로, 있는 그대로의 자연스러운 흐름을 타고 저절로 이루어지는 것이라고 합니다.

소통을 아우르는 '통섭(通涉)의 삶'을 이해하고, 어느 누구에게도 어느 시대에도 널리 통할 수 있는 그러한 보편타당한 것이 우리들 삶을 풍요롭게 하는 것이라고 믿습니다.

何処にでも 何事にも通ずる考えが豊かと言う
なりたくないか

올바른 생각은 우(右)도 좌(左)도 아니다
항상 중도(中道)에 있는 것이 정도(正道)

📖 산책

중도란 불교에서 말하는 어디에도 치우치지 않는 절대적인 '진실의 도리'를 말합니다. 오로지 진실을 추구해 나가는 '바른 길'이며 '올바른 생각'이 깔려 있는 정도를 뜻하며, 정도의 드러남이 중도입니다. 좌우 모든 대립이 융화되어 서로 합하는 것입니다. 모순과 갈등, 대립을 떠나면 싸움하려야 싸움할 것이 하나도 없겠지요. 이것이 극락이고, 천국이고, 절대 세계입니다. 이 절대 세계를 먼 데서 찾으려 하지 말고 자기 마음의 눈을 뜨도록 마음 공부를 합시다.

考えは右でも左でもない
常に中道で有るが正道

재산에 집착하게 되면
무거운 짐만 늘어나게 돼
들 수 있는 짐은 사람마다 다른 거야

 산책

법정스님의 〈무소유의 삶과 침묵〉에서는 "무소유란 아무것도 갖지 않는다는 것이 아니다. 궁색한 빈털터리가 되는 것도 아니다. 즉, 불필요한 것을 갖지 않는다는 뜻이다. 무소유의 진정한 의미를 이해할 때 우리는 홀가분한 삶을 이룰 수 있다"라고 가르침을 주십니다.

욕심을 좇아 살다가 그 욕심이 나를 감당할 수 없는 삶의 무게로 짓누르고 있지는 않은가요? 이제 집착에서 벗어나 허공을 날아가는 한 마리 새처럼 참 자유를 만끽해 봅시다.

財産の事を思い過ぎると重荷が増えるぞ
人に持てる荷物はその人で違う

명예나 지위에 대한 집착은
무거운 짐이 된다
자유로이 걸을 수 없게 되는 거야

📖 산책

《채근담》에서는 "사람들은 이름 없고 평범하게 지내는 삶의 참다운 즐거움을 알지 못한다"고 인간의 부와 명예에 대한 욕심을 지적하고 있습니다. 세상의 잣대에 맞추어 아등바등 집착하는 것은 모두 우리의 무거운 짐이 될 뿐이라는 사실을 알면서도 말입니다.

행복의 조건은 살뜰함과 감사한 마음으로 살면 충족된다고 합니다. 소박한 희망을 품고 내 마음 밭에 작은 희망의 씨앗을 심어 보기로 합니다.

名誉 地位を考え過ぎると
重荷になる 自由に歩けなくなるぞ

어떤 일에도 의존하지 않는 마음을 키워라
그것이 진정 욕심으로부터 벗어나는 길이다

📖 산책

의존하는 마음으로 살게 되면 욕심만 앞서고, 나중에는 대책 없이 서운한 마음만 무성하게 자라기 마련입니다.

의존적인 성향이 강한 사람은 가족이나 주위의 기대에 따르기보다 자율적으로 내가 원하는 것을 명확하게 알아야하며, '나의 정체성'을 분명하게 인식해야합니다.

또 진정한 성장을 하려면, 대인관계를 통해 '나 혼자가 아니라는 사실'을 인식하고 자신이 가진 잠재력을 발휘하여 '자신감'을 갖고 살아가는 노력을 해야겠습니다.

何事にも依らない心を養え.
それが真の離欲だ

쓸데없는 과거에 사로잡혀
옴짝달싹하지 못하면 허무한 것이야

📖 산책

《과거에 사로잡힌 당신에게》의 저자 이시이 마레히사는 "과거는 지울 수도 바꿀 수도 없다, 그러나 멋진 인생은 선택할 수 있다"고 하였습니다. 과거를 바라보는 태도가 앞으로의 우리의 인생을 좌우하는 것이라고 합니다.

그리고 우리는 과거의 기억에 사로잡히지 않고 자유롭게 인생을 만끽하는 삶을 살아갈 권리가 있습니다. 하루 빨리 새 출발을 하도록 합시다. 더 이상 덧없는 인생이 되지 않도록 말이죠.

役に立たない過去に捕われて
身動き出来なくては虚しいぞ

과거에 사로잡히면
방황하는 영혼으로 살게 된다
열매를 맺지 못하는 고목과 같다

 산책

과거의 아픈 기억에 빠져 아까운 시간을 허비하고 있지는 않은
지요? 또 망상을 하느라 많은 시간을 보내고 있나요?

물론 행복했던 추억을 기억하고 열심히 노력한 미래의 모습을
상상하는 것은 긍정적이고 희망적이라서 좋습니다.

괴로웠던 과거에 너무 집착하지 말고 긍정적이며 적극적으로 지
금의 삶을 살아간다면 자신만의 좋은 열매를 맺게 되지 않을까요?

"내일은 내일의 태양이 뜬다"(Tomorrow is another day). 〈바람과 함
께 사라지다〉를 떠올려보며…

過去に捕われたらさまよい霊だ
実の生らない枯木だ

모든 생물에는 목숨이 있다
그것을 빼앗아 살고 있는 것이다
그런 만큼 세상을 위해 애써라

산책

우리들은 자신도 모르게 생물의 목숨을 가로채서 내 목숨을 부지하며 살고 있다는 사실을 깨달아야 하겠습니다. 그 중에서도 소중한 자연의 생명을 빼앗는 것은 피해야 할 것입니다.

우리들에게 소중한 무엇인가가 다른 생물의 목숨을 가로채서 왔다고 한다면, 우리들도 그들에게 소중한 것을 되돌려 주어야 하지 않을까요? 이제 우리가 세상에게 되돌려주는 삶을 고민하고 실천하며 살아가도록 애써야 하겠습니다.

全ての生物に命が有る
それを奪って生きているんだ それだけ世に尽くせ

태양의 존재에
감사해본 적이 있는가

 산책

'이른 아침 떠오르는 아름다운 태양을 볼 수 있다는 것은, 우주 너머 태양과 나 사이의 소중한 만남의 선물'입니다. 만약 태양이 없다면 지구상에 있는 대부분의 생명체는 한순간도 생존하기 어려울 것입니다. 그러나 우리는 이를 너무 당연한 것으로 받아들이며 감사함을 잊고 살고 있습니다.

이 땅에 광명과 따사로움을 보내주어 평화스럽고 건강한 삶을 선물해주는 태양에게 감사하는 오늘이 되기를 간절히 빕니다.

太陽が有る事に
感謝をした事が有るか

◆ 9월 26일

인간의 뇌는 좋고 나쁨을
상상으로 결정하고 있음을 알아 두어라

📖 산책

최근에 '뇌과학'이라는 연구 영역이 관심을 끌고 있습니다. 인간의 뇌는 훈련만으로도 충분히 그 가상의 세계를 실제 현실로 만들어 낼 수 있다고 하지요. 그래서 우리는 부정적인 생각을 긍정적인 생각으로 바꾸는 뇌의 훈련이 우리 삶에 긍정적이며 적극적인 행동을 하는데 도움이 된다는 점을 인식하고 훈련할 필요가 있습니다.

'나는 행복한 사람'이라고 하는 자기최면을 걸고 자기암시를 주는 이것이 여러분을 실제 '행복한 사람'으로 이끌어줄 것입니다.

人間の脳は 良い悪いを
想像で決めている事を 知っておけ

비를 축복이라고 생각하는 마음을 키워야 해
만물을 소생시키는 보배이니까

 산책

비의 고마움은 긴 가뭄을 겪어보면 알 수 있을 것입니다. 그래서 옛날 농경시대에는 임금이 직접 나서 '기우제'를 지내기도 했다고 합니다. 아메리카 인디언들의 기우제는 그들이 기우제를 지내면 반드시 비가 온다고 합니다. 왜냐하면 그들은 비가 올 때까지 기우제를 지내기 때문이라고 합니다. 자연을 경외하는 인디언들의 마음이 읽혀지는 대목입니다.

간절히 소망하면 끝내 이루게 해준다는 진리가 우리들 가슴에도 열매 맺게 되기를 바랍니다.

雨を恵みと思う心を養うべし
生けるものの宝だ

◆ 9월 28일

세상만사
옳고 그름만으로 판단하지 마라
늘 중용을 걸어라

📖 산책

사람들은 어느 한쪽으로 치우침이 없도록 '중용을 지켜야 한다'고 말합니다. 세상을 살아가는 데 있어서 지녀야 할 자세와 태도로써 '중용'의 참뜻은 어떠한 일이든 진리에 맞도록 편향, 편견, 편중하지 않는 것입니다. 우리는 흔히 중용을 지키지 못하고 극단적으로 옳고 그름을 따지기 좋아하는데 그것 때문에 다툼이 생기고 또 사이가 벌어지기도 합니다.

진정한 중용은 단순한 중간의 입장을 의미하지 않습니다. 양극단을 모두 이해하고 품을 수 있어야 하겠습니다.

全ての物事を 正しい正しくないで判断するな
常に中庸を歩め

깨우침을
무사통행의 증명서라고 받아들여라

📖 산책

그동안 배워온 지식이나 경험에 의해 고정된 나의 관점, 편견, 나만의 고집을 깨는 것이 진정한 깨우침이 아닐까요?

머리로 이해하는 지식이 아니고 하나씩 가슴으로 깨닫게 되는 통찰과 지혜가 찾아오게 됩니다. 아무리 소중한 지혜라 할지라도 때가 무르익지 않으면 절대로 내 것이 되지 않는다는 진리를 깨닫고 마음공부를 하시길 바랍니다.

그리고 인간은 자연의 흐름과 섭리 속에 겸손한 자세로 몸을 낮추어 걸어가야 하겠습니다.

気付きを
無事の通行手形だと受けとめよ

분노는 상대하지 않는 게 좋아
자연스럽게 사라져 간다

📖 산책

'분노'란 '자신의 욕구 실현이 저지당하거나 어떤 일을 강요당했을 때, 이에 저항하기 위해 생기는 부정적인 정서 상태'를 말합니다. 분노를 이겨 내는 방법으로는 '한때의 분함을 참아라, 백날의 근심을 면하리라' 하고 명심보감에서 조언하고 있습니다.

결국 분노는 '녹아버리기 쉬운 얼음처럼, 시간이 흐름에 따라 자연스레 사라진다'는 진리를 명심하고 분노 조절을 하시기 바랍니다.

怒りは相手にしない方がよい
自然に消えて行く

10월

미소로 유쾌하게

10월 탄생화 : 소국
꽃말 : 밝은 마음

보고 들으면 자기 것이 되지
그러면 잊어버리지 않아

 산책

"百聞不如一見 百見不如一行"

'백 번 듣는 것보다 한 번 보는 게 낫고, 백 번 보는 것보다 한 번 행하는 게 낫다'는 유명한 고전 명언입니다. 직접 보고 들어 몸에 익힌 것들은 쉽게 잊어버리지 않고 오래 가는 법입니다.

최근에는 교육현장에서도 체험 교육을 적극적으로 도입하고 있다고 합니다. 체험이야말로 지식과 이해를 축적하는 지름길이자, 배운 것들을 내 것으로 만들어주는 최상의 훈련이 되기 때문일 것입니다.

見て聞いたら身につけるんだよ
そしたら忘れる事はない

체험은 커다란 자신감을 만들어준다
이보다 분명한 것은 없다

📖 산책

자동차 왕 헨리 포드는 "인생은 경험의 연속이다. 그리고 자신이 무언가를 경험하고 있다고 자각하지 못할 때조차 경험은 인간을 성장시킨다"는 말로 경험의 중요성을 강조했습니다.

이렇게 체험이 쌓이면 자신감이 생겨나게 되고, 많은 경험과 시행착오를 통해 터득한 노하우는 보석과도 같은 소중한 자산이 될 것입니다.

体験は大きな自信を生み出す
これ程確かなものはない

타인에게 항상 경의로 대하면
화목함이 생긴다

 산책

타인에 대한 경의는 서로의 생각이나 판단, 신념의 차이를 인정하고 존중하는 것에서 출발합니다.

존중과 경의를 담은 태도는 상대방의 마음을 움직여 화합과 화목으로 마음을 나누게 해줍니다.

사람들과 좋은 관계를 유지하기 위해서는 상대의 기분을 상하게 할 수 있는 말이나 태도를 피하고, 항상 경청하고 공감하는 자세로 경의를 표현하는 것이 필요하겠지요.

人には常に敬意を持って接すると
和が生まれる

◆ 10월 4일

존경하는 마음으로 행동하면
큰 인연이 따라온다

 산책

'옷깃만 스쳐도 인연'이라고 합니다.

성공한 사람들은 대부분 작은 인연을 잘 가꾸어 소중한 인연으로 발전시킬 줄 아는 지혜로운 사람들입니다.

존중하는 마음과 경의를 가지고 상대를 대한다면, 그 보상은 소중한 인연으로 찾아올 것입니다. 만남을 그냥 스쳐 지나가는 과정이 아니라 소중한 인연으로 만들기 위해서는 진심을 다해 좋은 인간관계를 만들어 가야겠습니다.

敬意の心で行動すれば
大きな絆がついて来る

아무리 사소한 일이라도
세심하게 마음을 쓰는 사람은 발전한다

 산책

차이를 인정하지 않은 배려는 의미가 없음을 말해주는 우화가 있습니다. 사랑에 빠진 암소는 호랑이에게 자신이 제일 좋아하는 신선한 풀을 주고, 호랑이는 자신이 제일 좋아하는 고기를 아꼈다가 암소에게 줍니다. 이렇게 둘은 정성을 다하고 사랑을 베풀었지만, 점차 둘의 사랑에 금이 가기 시작했지요….

자신이 좋아하는 것만 고집했다는 것이 문제일 겁니다. 상대방 입장에서 생각할 수 있어야 나의 사랑이 전달됩니다. 작은 일에도 세심하게 마음 쓰며 함께 아름다운 모습으로 살아갑시다.

どんな小さな事でも
心をかける人は伸びている

명언은 널리 이용하라
다른 무엇보다 속뜻이 심오하다

 산책

여러 경험과 시련을 통해 성공한 사람들이 남긴 명언은 우리에게 많은 영감을 줍니다.

오랜 세월이 흘러도 퇴색되지 않고 빛을 발하면서 인생의 소중한 멘토가 되기도 하지요.

삶에 대한 깊은 통찰과 심오한 뜻이 담긴 한 마디 한 마디를 되새겨 자기 것으로 만들 수 있다면, 우리는 한 걸음 더 발전할 수 있고 행복한 삶에 다가갈 수 있을 것입니다.

名言は多いに利用せよ
何よりも中味が濃い

충족한 마음으로 바라보라
저절로 미소가 번져 나온다

 산책

세상만사 마음먹기 나름이라고 합니다.

불평과 불만, 짜증은 잠시 내려놓고 만족하는 마음을 가지려 해보세요. 세상이 조금은 다르게 보이고 나도 모르게 미소가 배어나오게 될 것입니다.

미소야말로 가장 아름다운 얼굴입니다. '얼'은 마음, 정신, 영혼을 뜻하는 아름다운 우리말입니다. 그 '얼'의 거울이자 그릇이 얼굴이고, 그 얼굴을 최고로 아름답게 해주는 게 바로 미소라고 하니까요. '미소는 최고의 메이크업입니다(Smile is the best make up)'.

足りる心で見てごらん
自然と笑顔が出て来るぞ

◆ 10월 8일

마음을 다스리는 데는 미소가 으뜸
아주 커다란 힘이 솟구칠 게야

 산책

'일소일소 일노일로(一笑一少 一怒一老)'

한 번 웃으면 그만큼 젊어지고, 한 번 화를 내면 그만큼 더 늙어간다는 뜻입니다. 웃기도 하고 울기도 하며 살아가는 게 인생이지만, 특히 웃음은 건강의 비결입니다. 그래서 '웃음 치료'가 부각되고 있는 이유입니다.

웃음의 생체 효과는 몸과 마음을 치료하는 최고의 치료 수단으로, 웃으면 긍정의 에너지가 솟구쳐 나옵니다. 함께 웃어봅시다. "웃으면 복이 와요."

心を治めるには微笑がよい
大きな大きな力が湧いて来る

분노는 무지(無知)에서 나오는 거라고 생각해
향상의 길은 어디에서도 찾을 수 없지

📖 산책

분노가 폭발하느냐 마느냐가 결정되는 시간은 6초라고 합니다. 단 6초만 분노를 자제할 수 있다면 분노에 따른 충동적인 행동을 억제할 수 있다는 뜻이지요.

충동에 의한 돌발적인 행동만큼 무서운 것은 없습니다. 화내는 자신을 더 상하게 만드는 것이 분노의 속성으로, 무지에서 나오는 분노는 인간이 성장과 향상에 커다란 적이 됩니다. 현명한 사람은 화내지 않습니다.

怒りは無知と知ってよい
向上の道は何処にも見つからない

희망과 바람은
한쪽으로 치우치지 않는 것이 원칙이다

 산책

"희망은 좋은 거예요. 그리고 좋은 것은 절대 사라지지 않아요" 영화 〈쇼생크 탈출〉의 명대사입니다.

인류가 만들어 낸 가장 멋진 발명품 중 하나가 바로 '희망'이라는 상품일지 모릅니다. 그러나 희망이나 바람도 지나치게 한쪽으로 치우치면 집착과 망상으로 변질될 수 있습니다.

그렇기 때문에 희망이나 바람이 한쪽으로만 치우치지 않도록 중도를 지키는 것이 매우 중요합니다.

希望や願いは
偏らない事が原則である

유쾌한 식사는 행복의 길 그 자체
활력의 원천이 된다

 산책

밥은 먹고 다니시나요? 혹시 혼밥하고 계시지 않나요?

영국의 작가 버나드 쇼는 "먹는 것에 대한 사랑보다 더 진실된 사랑은 없다"고 했습니다. 먹는다고 하는 원초적인 욕구의 중요성을 직설적으로 잘 표현한 말입니다.

사랑하는 가족이나 지인들과 함께 하는 즐거운 식사는 그 자체로 행복이고, 활력의 원천이 됩니다. 유쾌한 식사가 소통과 행복의 길을 열어준다는 단순한 진리를 다시 한 번 되새겨보는 게 어떨까요?

愉快な食事は幸道そのものだ
活力の源となる

◆ 10월 12일

인생을 웃음으로 이겨내라
웃는 인생에는 마가 끼지 않는다

📖 산책

'소문만복래(笑門萬福來)' 웃음의 문으로 온갖 복이 들어온다는 뜻입니다. 인생에 있어 웃음이 얼마나 중요한 지를 보여주는 속담입니다.

심지어 웃을 일이 없어도 의식적으로 억지로 웃는 것조차 도움이 된다고 하니까요. '행복하기 때문에 웃는 것이 아니고 웃기 때문에 행복하다'는 말처럼 말입니다. 일부러라도 웃어봅시다. 웃음은 만병통치약이고, 웃는 인생에는 마가 끼어들 틈이 없어진다고 하니까요.

人生は笑って勝て
笑う人生に鬼はなし

살다 보면 입장이 바뀔 때마다
괴로움도 바뀐다
그 또한 사는 맛의 하나라고 생각하라

📖 산책

'인간만사 새옹지마(塞翁之馬)'라는 말이 있습니다. '음지가 양지 되고 양지가 음지 된다'는 말처럼 별 볼일 없던 사람이 엄청난 행운을 만나기도 하고, 또 잘나가던 사람이 하루아침에 나락으로 떨어지기도 하는 게 인생이니, 일희일비하지 말라는 가르침이 담겨 있습니다.

우리에게 닥치는 모든 일에 차분하게 대처하는 힘을 길러보심이 어떨지요. 괴로운 일도 훗날 돌아보면 추억이 되기도 하고, 인생의 맛을 풍부하게 해주는 양념이 되기도 하니까요.

人間生きる立場が変わるごとに 苦しみも変わる
それも生甲斐の内と心得よ

◆ 10월 14일

고통은 맞서 싸워라
해결의 길이 보이면 즐거움으로 바뀐다

산책

'괴로움은 즐거움의 뿌리이고, 즐거움은 괴로움의 씨앗'이라는 말이 있습니다. 즉, 즐거움과 괴로움을 욕망이라는 한 뿌리에서 나왔기 때문이라고 법륜스님의 '희망편지'를 통해 깨닫습니다. 욕망이 충족되면 즐겁고, 충족되지 않으면 괴로운 마음이 되풀이되니까요.

'피할 수 없으면 즐겨라'라는 말처럼 고통을 피하지 말고 맞서다 보면 해결책이 보이고, 고통이 즐거움의 뿌리가 될 수도 있기 때문입니다.

苦は向かい合って戦い
解決の道が見えたら 楽しさに変わる

고민이 많은 세상이다
좀 더 차분하게 즐거움을 찾아내자

📖 산책

'무슨 일이든 낙관하라, 긍정적으로 생각하라'는 것은 많은 성공한 사람들의 공통된 사고방식이라 할 수 있습니다.

긍정의 마인드와 낙관주의는 인생을 즐거움과 성공으로 이끄는 엄청나게 큰 힘이 됩니다.

그렇지 않아도 고민 많은 세상살이입니다. 소소하지만 웃을 수 있는 일과 감사할 거리 등, 즐거움을 느낄 수 있는 레시피를 학교에서나 직장에서 또 가정에서 의식적으로 찾아보려 노력하는 것도 좋겠지요.

悩みの多い世の中だ
もっと落ちついて楽しさを見つけよ

사람이 향상심을 잃게 되면
사람이라고 할 수 없다
한 발짝이라도 나아가도록 노력하라

📖 산책

"성공하는 사람들의 공통점은 향상심이다. 노력을 이기는 재능은 없다"《차라투스트라는 이렇게 말했다》에서 니체가 한 말입니다. 향상심은 보다 나은 상태를 추구하려는 마음을 의미합니다. 이런 향상심이야말로 인류의 발전과 진보의 원동력이었다고 할 수 있습니다.

향상심은 누구에게나 잠재되어 있습니다. 그것을 살려 한 발짝이라도 앞으로 나아갈 수 있도록 노력하는 것이 성공에 다가가는 비결이 아닐까요?

人間 向上心を無くしたら人で無くなる
一歩でも努力せよ

지금의 걱정도 앞일의 걱정도 잊어 버려라
아무런 도움도 되지 않는다

 산책

'걱정도 팔자'라고 하지요. 굳이 하지 않아도 될 걱정까지 끌어 안고 사는 사람을 두고 하는 말입니다.

티베트에는 '걱정을 해서 걱정이 없어지면 걱정이 없겠네'라는 재미있는 속담이 있다고 합니다. 재치 있으면서도 정곡을 찌르는 표현입니다.

걱정할수록 걱정거리는 더 많이 생기는 법이고, 걱정도 습관입 니다. 자꾸 하다 보면 '중독'이 될 수 있습니다.

心配も後の事も忘れてしまえ
何の役にも立たぬ

만사 긍정적으로 받아들이면
사는 즐거움이 늘어난다

📖 산책

"사람은 행복하기로 마음먹은 만큼 행복하다"

링컨 대통령의 말입니다. 성공한 사람들이 가지고 있는 공통적인 특징은, 첫째 강한 긍정의 힘, 둘째 자기 확신, 그리고 낙관적인 생각과 실천이라고 합니다.

긍정적인 사고와 마인드는 부정적인 기운을 몰아내고 역동의 에너지를 만들어 냅니다. 또한 그것을 통해 꿈과 행복을 선물하는 파랑새를 불러 올 것입니다.

何事も当たり前と思うと
生きる楽しさが増えて来る

마음의 수양은 자립심을 키운다
커다란 인생의 토대임을 알라

 산책

이 세상은 왜 나에게만 모질까, 한탄만 하고 있을 건가요?

행복이 내 곁에 왔어도 몰라보고 운명 탓으로 돌릴 건가요?

자립심을 키우기보다 남탓만 하면서 세상을 원망하고 있을 건가요?

어떤 어려움에도 굴하지 않는 자립심을 마음의 수양을 통해 키워 내는 게 인생의 든든한 토대가 된다는 사실을 알아야 합니다.

心の磨きは自立心を磨く

大きな人生土台と知れ

인생, 압박감이 있으니까
재미있고 즐거운 거야
산을 오르는 것과 같은 것이지

📖 산책

하기 싫은 일을 억지로 해야 할 때, 골치 아픈 문제에 직면했을 때 우리는 스트레스를 받게 됩니다. 반대로 스스로 적당하게 긴장하고 압박감을 유지하는 것을 '유스트레스eustress'라고 합니다.

운동선수가 시합 전에 느끼는 긴장감, 설렘, 흥분 등이 유스트레스의 대표적인 반응입니다. 숨을 헐떡거리고 땀을 뻘뻘 흘리면서도 정상에 올랐을 때의 쾌감을 잊지 못해 또 다시 산에 오르는 것처럼, 인생 역시 긍정의 압박감이 있기에 성취의 기쁨과 상쾌함을 맛볼 수 있는 것 아닐까요?

人生 圧迫感が有るから
面白く楽しいのだ 山登りと同じだ

일상생활은 즐거워야 해
삶은 고통을 만드는 장소가 아니야

 산책

'행운은 즐거운 문으로 들어온다'는 말이 있습니다.

사랑하는 사람이 밝은 표정을 지으면, 내 마음도 밝아집니다. 푸근한 미소를 짓고 있는 사람을 보면 보는 이도 덩달아 행복해지지요.

매사 까칠하게 따지고 인상 쓰기보다는 관대함으로 언 마음을 녹여주고, 따뜻하게 서로 어루만져 주면서 즐거운 일상을 만들어 보는 게 어떨까요? 인생은 극기 훈련이 아니니까요.

日常の生活は楽しくなければならん
苦しみを作る場所ではない

강력한 식욕은 강력한 의욕이지
살아가는 활력의 표시인걸

 산책

일본의 '일본전산' 창업자 나가모리 사장은 신입 사원을 뽑을 때 면접시험을 '밥 빨리 먹기'로 평가했다고 합니다.

이색적인 면접시험을 도입한 이유는 그가 평소부터 '밥심에서 에너지가 나온다'는 지론을 가지고 있었기 때문이라고 합니다.

빨리 먹는 사람들의 유형은 결단력이 빠르고 일하는 속도도 빨라 남들보다 배 이상 일할 수 있는 자질이 있다고 믿었던 것입니다. 빨리 먹는 게 몸에는 좋지 않겠지만, 활력의 표징이자 강력한 의욕이 꼭 나쁜 것만은 아닌가 봅니다.

早喰いは悪いが力強さは違う
生きる活力の現われである

화내지 않겠다고 하고서 금세 화를 내버린다
마음의 종이 되지 마라

 산책

"노여움은 항상 어리석음에서 시작해 후회로 끝난다"(피타고라스)

화나 분노를 잘 다스려야 한다고 경고하는 문구는 수없이 많습니다. 그만큼 화를 다스리기가 쉽지 않다는 반증일 것입니다.

화를 내면 화내는 대상은 물론 주위 사람들에게까지 상처를 주지만, 더 큰 상처를 입게 되는 것은 바로 화를 내는 자신입니다.

화에 지배당하는 노예가 되지 않아야 합니다. 좀 더 너그러워지고, 좀 더 편안한 얼굴로 살아야겠다고 다짐해보는 건 어떨까요?

怒らないと思ってもつい怒ってしまう

心の召し使いになるな

◆ 10월 24일

울고 싶을 땐 울면 돼
웃고 싶을 땐 맘껏 웃어 봐
마음속을 텅 비워 봐

 산책

마음을 비운다는 게 알고 보면 별 것 아닐지 모릅니다.

그때그때 감정에 충실한 자연스러운 삶을 사는 게 곧 마음을 비우는 것 아닐까요?

웃음이 나면 맘껏 웃고, 눈물이 나면 실컷 울어보세요. 심적인 안정감이 찾아오고 마음이 편해져 세상을 긍정적으로 볼 수 있게 될 것입니다. 또 마음을 비워 삶이 편안하게 되는 지름길이 될 수 있습니다.

泣きたい時は泣けばよい

笑いたい時は多いに笑え 心を空っぽにせよ

재미있고 좋아서 일한다고는 말 못하지
그 자리에 도움이 되는 일이야말로
밥벌이가 되는 거야

 산책

좋아하는 일을 해야 할까요? 돈 되는 일을 해야 할까요?

자신이 좋아하는 일, 재미있는 일을 하며 사는 것만큼 행복한 삶은 없습니다. 그러나 내가 하고 싶은 일, 재미있고 좋아하는 일만 하며 살아갈 수 없는 게 인생이지요. '덕후'를 취미라 할 수 있을지 몰라도 '일'이나 '직업'이라고는 할 수 없으니까요. 내가 하는 일이 직장은 물론 우리 사회에 기여하고 보탬이 되어야 현실적으로 밥벌이가 되지 않을까요?

面白い好きで仕事とは言えない
その場に役立ってこそ飯が喰える

웃음의 소용돌이는 복을 부른다
그 소용돌이를 만들어 내는 건 내 마음이다

📖 산책

'박장대소(拍掌大笑)' 가끔은 맘껏 손뼉치며 소리 내어 웃고 싶을 때가 있지만, 그런 일이 많지는 않은 게 우리네 인생입니다.

보통 웃는 시간은 길어야 5초를 넘기기 어렵다고 합니다. 10초 정도 크게 웃으면 호흡과 얼굴 근육, 신경계통 등이 활성화될 수 있다고 하는데 말이죠.

의식적으로라도 웃음의 소용돌이를 만들어보는 게 어떨까요? 엔돌핀이 분비되어 행복감을 느낄 수 있을 것입니다. 복을 만들어 내고 아니고는 다 마음먹기에 달려 있다고 하니까요.

笑いの渦は福よびと知れ
その場を生かし切るは自分の心だ

자신을 칭찬해본 적이 있는가
자신을 격려해본 적이 있는가
뭔가 좋은 일이 생길 거예요

 산책

자신에게 쓰담쓰담 칭찬하고 상을 준 적이 있나요?

스스로에게 토닥토닥 어깨를 두드리며 위로한 적이 있나요?

칭찬은 고래도 춤추게 한다고 합니다. 감사하고 칭찬하는 습관이 바로 '행복의 아이콘'입니다.

칭찬과 격려는 남들에게는 물론이고 자신에게도 필요합니다. 스스로를 칭찬하고 격려하다 보면 생각지도 않은 좋은 일이 당신에게 반드시 찾아올 겁니다.

自分を褒めた事が有るか

励ました事が有るか 何かが生まれる

주저주저 말고 결단을 내려 봐
어떻게든 될 거니까

 산책

"우물쭈물하다가 내 이럴 줄 알았다"

영국 작가 버나드 쇼의 묘비명입니다. 유머러스한 표현이지만 의미심장한 내용입니다. 살다 보면 때로 어려운 결정을 해야 할 때가 있습니다. 그럴 때 피하지 말고 과감하게 결단 내려보세요.

최선이 아니더라도 아무것도 결정하지 않는 것보다는 낫다고 합니다. 그리고 자신의 결정을 의심하지 말고 힘차게 밀고 나가 보세요. 좋은 경험이 되고 발전되리라 믿습니다.

くよくよしないで
思い切りを出してみよ 何とか成って行くものだ

상상력을 발휘하는 것은
적극적인 마음으로 땀을 흘리는 것이다

 산책

상상은 창조의 시발점입니다. 상상한 것들을 행동에 옮길 때 창의력이 생긴다고 합니다.

적극적인 마음으로 땀을 흘리고 상상을 행동으로 옮길 때 비로소 진정한 창조가 이루어질 수 있습니다.

땀을 흘리는 노력이 있어야 뚜렷한 목적의식이 생기고, 미래의 계획과 비전을 만들어 낼 수 있어 상상을 실천으로 옮길 수 있는 힘도 생기게 됩니다.

想像力を動かすのは
積極的心で汗を流すことだ

약한 자를 도우라
변명의 여지를 터주는 것이
인덕이 된다

📖 산책

'도망갈 구멍이 없으면 쥐도 고양이를 문다'는 속담처럼 도망갈 여지를 주지 않고 막다른 궁지로 몰아붙이게 되면 적개심만 커져 극렬히 저항하게 됩니다. 아무리 잘못했다 하더라도 나름의 입장이 있고 변명이 있을 수 있습니다.

한 발짝 물러서서 변명을 들어주고 대화하다 보면 의외의 좋은 결과를 만날 수 있습니다. 상대의 아픈 곳이나 약한 부분을 잘 살펴 보듬어줄 수 있는 여유가 필요하지요. 그게 바로 인덕(人德)입니다.

世の中の弱き者を救え

弁解の余裕を持たせてやれ 人德なり

미소 짓는 사람에게
분노의 화살은 날아오지 않는다

 산책

프랑스 작가 생텍쥐페리의 단편 〈미소〉는 어느 사형수가 죽음의 위기에서 '단 한 번의 미소'로 살아남을 수 있었다는 내용으로 '미소'가 가진 힘을 그려낸 이야기입니다.

프랑스에는 의사가 고칠 수 있는 병은 20%에 지나지 않는다는 말이 있습니다. 그래서 웃음 치료를 최고의 의약으로 권한다고도 합니다. '미소'가 사람의 몸과 마음을 치유하는 특효약으로 특허를 얻은 셈이지요. 우리나라 속담에도 있지요, '웃는 얼굴에 침 뱉으랴?' 분노의 화살은 날아오지 않을 겁니다.

微笑の人には
怒りの矢は飛んで来ない

11월

마음을 키우며

11월 탄생화 : 금잔화

꽃말 : 인내 · 겸손 · 반드시 오고야 말 행복

말의 힘은 알기 쉽게 하는 것이 필수다
사람을 불러들이는 커다란 힘이다

 산책

국내 한 통신회사에서 《통신정음》이란 흥미로운 책을 펴냈습니다. 고객들과의 원활한 소통을 위한 캠페인의 일환이라고 하는데, 쉬운 말, 옳은 말, 실용적인 말을 사용하자는 것이 그 핵심 내용입니다.

전문용어나 어려운 말을 많이 쓴다고 소통이 잘 되는 건 아닙니다. 오히려 알아듣기 쉬운 말이 공감을 불러일으키기 쉽고 설득력도 있다는 걸 알아야 합니다.

話す力は解りやすい事が必須である
人が寄って来る大きな力だ

◆ 11월 2일

실행력이 있는 말은 생동감이 넘친다
사람들 마음에까지 생생하게 전해진다

 산책

"이봐~ 해보기나 해봤어?"

현대 정주영 회장의 트레이드마크가 된 말입니다. "기업은 행동이요 실천이다. 우선 실천하라"는 것도 그가 입에 달고 살았던 말이라고 합니다. 실행력이 뒷받침된 경험을 바탕으로 하는 말은 생생하게 살아 움직입니다. 그런 생동감 있는 말에 행동이 뒷받침되면 좋은 성과가 나오게 되고 사람들의 마음속에 깊이 살아남을 것입니다.

実行ある言葉は生き生きとしている
人の心にも生きて伝わる

소소한 기쁨일지언정
만족하는 마음으로 받아들이면
행복한 마음이 된다

 산책

 '소확행', 소소하지만 확실한 행복을 뜻하는 말입니다. 일본 작가 무라카미 하루키는, '갓 구워낸 빵을 손으로 찢어먹을 때, 새로 산 셔츠를 머리에서부터 뒤집어 쓸 때의 기분' 등, 일상 속에서 느끼는 작은 행복과 기쁨을 표현하는 개념으로 이 말을 만들어냈다고 합니다. 다람쥐 쳇바퀴 돌듯 무미건조하게 반복되는 현대인의 생활에 신선한 청량제가 될 수도 있는 착상이라 생각됩니다.

 작고 사소한 것이라 하더라도 소중한 마음으로 받아들이면 행복이 그리 멀리 있지 않다는 걸 알게 될 테니까요.

 小さな喜びでも
 足りる心で捕えると 幸せ感となる

인생의 만족을 아는 사람들은
모두 행복한 하루하루를 보내고 있다

📖 산책

불교의 《불유교경(佛遺教經)》, 〈지족(知足)〉편에는 만족할 줄 아는 사람과 그렇지 못한 사람의 차이를 다음과 같이 설법하고 있습니다.

"족함을 아는 사람은 비록 맨땅에 누워 있어도 편하고 즐겁지만, 족함을 알지 못하는 사람은 비록 천당에 있어도 마음이 편하지 않다. 또 족함을 알지 못하는 사람은 부유해도 가난하고 족함을 아는 사람은 비록 가난해도 부유하다." 행복한 하루하루를 보내는 사람은 분수를 알고 만족하며 살아가는 사람입니다.

人生足りるを知った人々は
こぞって幸せな毎日を送っている

화냈을 때 숨이 거칠어지지 않는가?
알아차리면 좋은 약이 돼

📖 산책

분노를 다스리려면 다른 사람이 화를 낼 때 그 얼굴을 자세히 관찰해보라는 말이 있습니다. 화내는 얼굴에는 그 사람의 인격이나 품성이 오롯이 나타나게 됩니다. 화가 나 흥분하게 되면 자기도 모르게 호흡이 거칠어지는 건 자연스러운 생리현상입니다.

화를 내지 않고 살 수는 없겠지만, 그럴 때 한 번쯤 자신의 호흡과 몸 상태를 돌아보는 게 어떨까요? 폭발 직전일 때 '이건 아니지~' 하고 한번 호흡을 가다듬어 보세요. 돈 주고 못 사는 좋은 약이 될 테니까요.

怒った時は呼吸が荒くなっていないか
気付くことが良薬なり

마음을 키우는 것은
단 하루 만에는 되지 않아 뚜벅뚜벅 묵묵히

📖 산책

'로마는 하루아침에 만들어지지 않았다.'

마음 수양은 짧은 시간에 쉽게 이루어지는 것이 아니기 때문에 꾸준히 정진해 가야 한다는 말씀입니다.

주어진 일을 묵묵히 소화해 내면서 서두르지 않고 나만의 방식과 속도로 마음의 근육을 키워냅시다.

'뚜벅뚜벅, 묵묵히.'

心を育てるには 一日では出来ない
こつこつ黙々だ

세상이나 사람들을 정토로 이끄는 것이
성인(聖人)의 길이라 할 수 있다

 산책

영혼의 깨끗한 세계, 정토(淨土)란 '한 사람은 모두를, 모두는 한 사람을 위한 삶 one for all, all for one'에서 찾을 수 있지 않을까요?

자기 자신으로부터 출발해 세상과 타인에게 다가가는 것, 더불어 함께 살아가는 세상을 만들기 위해 노력하는 것이 곧 정토로 향하는 길이고 성인(聖人)의 길이라 할 수 있습니다.

남이란 거울에 비친 또 다른 나일 수도 있기 때문입니다.

世の中や人々を楽土に向かわせるが
聖道と言える

먹은 것을 소화하는 것은 그 사람 마음에 있다
약이 되기도 독이 되기도 하지

 산책

'일체유심조(一切唯心造)'

모든 것은 오직 마음먹기에 달려 있다고 하는데, 음식을 소화
시키는 것도 마찬가지라 할 수 있습니다. 음식의 섭취는 활력의
원천과 에너지원으로 꼭 필요한 것이지만, 때로 기분이 좋지 않
거나 화가 난 상태에서 먹다 보면 체하기도 하는 등, 독이 되기도
합니다. 음식이 약이 될 수 있도록 마음가짐을 잘 챙기는 게 중요
합니다.

食べた物の消化はその人の心に有る
薬にも毒にもなる

대부분의 질병은 마음에 휘둘려지는 것이다
의존심도 매한가지겠지

 산책

'플라시보 효과(위약 효과)'란 가짜약이라 할지라도 병이 나을 거라고 믿는 환자의 심리에 의해 실제로 병이 낫기도 하는 긍정의 효과를 뜻하는 말입니다. 반대로 좋은 약을 복용하더라도 약의 효능을 불신하고 비관적인 심리에 빠져 부정적인 결과를 불러오는 현상을 '노시보 효과'라 합니다. 의존심도 마음먹기 나름이 아닐까요?

나를 부정하고 남에게 의존하려는 심리에서 벗어나, 나의 역량을 찾아서 '나는 발전하고 있다. 해낼 수 있어' 하고 긍정의 에너지를 만들어 갑시다.

大半の病気は、想像に振り回されている
依存もその一つである

죽음의 고통이 있기에
마음의 수양을 기뻐하는 것이다

📖 산책

"아무도 죽기를 원하지 않는다. 천국에 가기를 원하는 사람조차도 죽기를 원하지는 않는다. 그러나 죽음은 우리 모두가 가야 하는 종착지이며 그 누구도 피할 수 없다. 왜냐하면 인생에 있어 최고의 발명품이 죽음이기 때문이다."

스티브 잡스의 유명한 스탠포드 대학 졸업식 연설의 한 구절입니다. 암에 걸려 죽음의 문턱까지 갔다 온 절절한 경험에서 나온 말이기 때문에 깊은 울림을 줍니다. 정성을 다해 살아내는 하루하루가 마음을 갈고닦는 수양이지요.

死ぬ苦しさが有るから
心の学びを喜ぶんだ

늙음의 고통이 있기에
건강함을 기뻐하는 것이다

 산책

건강과 젊음은 잃고 난 후에야 그 고마움을 알게 된다고 합니다. 젊고 건강할 때는 건강에 대해 관심도 없고 그 소중함을 잘 모릅니다. 마치 천년만년을 살 것처럼 말이죠.

그러나 나이가 들게 되면 이전에 당연하게 여겼던 몸에 대한 고마움과 경이로움, 그리고 건강의 소중함을 새삼 발견하게 됩니다. 나이가 들어서야 깨닫게 되는 삶의 지혜라 할 수 있습니다.

老いる苦しみが有るから
元気を喜ぶんだ

병든 고통이 있기에
회복이라는 기쁨이 있는 것이다

📖 산책

"사막이 아름다운 것은 어딘가에 우물을 감추고 있기 때문이다."

생텍쥐페리의 《어린 왕자》에 나오는 명대사입니다. 이 말처럼 병원에 입원해 병마에 시달려본 사람만이 퇴원의 기쁨과 회복의 고마움을 알 수 있습니다.

병은 고통스럽고 괴로운 것이지만 회복의 기쁨이 있기에 우리는 희망을 잃지 않고 싸워낼 수 있고, 건강의 소중함을 깨닫게 됩니다. 병의 고통은 우리를 더욱 겸허하게 만들고 깨우쳐 줍니다.

病む苦しさが有るから
治った喜びが有るんだ

산고가 있으니까
출산의 기쁨이 있는 것이다

 산책

출산의 고통은 이루 말로 다 할 수 없다고 합니다. 그러나 그런 산고를 겪고 아기가 탄생하게 되면 아기 엄마의 고통은 기쁨으로 바뀌게 됩니다. 사실, 출산의 기쁨에 비교할 수 있는 것은 거의 없거나 아예 없다고 합니다. 세상의 어떤 감정도 이보다 더 클 수는 없을 테니까요.

또 하나의 인간을 세상에 태어나게 하는 마법 같은 순간의 짜릿한 기쁨을 느끼기 위해서는 긴 시간의 진통을 참아내야 하는 것이지요. 그래서 세상의 모든 어머니는 위대합니다.

生む苦しみが有るから
生まれた喜びが有るのだ

인간 중에 최악은
품격 없고 타인의 불행을 기뻐하는 자이다

📖 산책

우리는 가끔 TV 뉴스에 나오는 대형사고나 사건을 보면서 '나는 무사해서 다행'이라며 안도감을 느끼는 심리를 샤덴프로이데(Schadenfreude)라고 합니다. 타인의 불행에서 다행을 찾는 감정은 인간의 본성이기도 합니다. 그러나 그런 정도를 넘어 타인의 불행에 쾌감을 느끼고 심지어 그것을 바라기까지 하는 심보는 인간의 품격으로서는 최악이라 하겠습니다.

나쁜 심보에 쓰는 에너지를 자기 개발과 발전을 위해 투자하기를 기대해봅니다.

人間の最低は
下品であり他人の不幸を喜ぶ奴だ

하고 싶은 일을 잠깐 참으면
또 다른 매력이 찾아온다

 산책

미국에서 아이들에게 마시멜로를 나눠주면서 '먹고 싶으면 먹어도 되지만 선생님이 올 때까지 15분 동안 먹지 않고 참으면 하나를 더 주겠다'고 약속하고 아이들을 관찰했습니다.

그로부터 15년 후, 아이들이 어떻게 성장했는지 추적 조사를 한 결과는 유혹을 참지 못하고 먹어버린 아이들에 비해 유혹을 참을 줄 알았던 아이들이 대부분 학업 성취도가 뛰어났으며, 더 행복하고 건강한 생활을 하고 있었다고 합니다.

'인내는 쓰다. 그러나 그 열매는 달다.'

やりたい事は一寸我慢すると
代替の魅力がみつかる

인생, 목적이 있으면 극복할 수 있다
그 상쾌함은 거름 같은 것이다

📖 산책

"명확한 목적이 있는 사람은 가장 험난한 길에서도 앞으로 나아가고, 아무런 목적이 없는 사람은 가장 순탄한 길에서조차 앞으로 나아가지 못한다." 철학자 토마스 칼라일의 말입니다.

뚜렷한 목적의식을 가지고 도전을 통해 난관을 극복해가는 것이야말로 인생 최고의 성취가 아닐까요? 그 쾌감과 상쾌함은 인생에서 귀한 거름이 될 것이고 경험해본 사람만이 알 수 있을 것입니다.

人生は目的が有れば乗り切れる
爽快感は肥やしである

인생 느긋하기만 해서는 발전이 없어
울고 웃는 것도 한 순간이다

 산책

짧은 인생, 허송세월하다 보면 한순간에 지나가 버립니다.

시간은 나를 기다려주지 않으니까요. 황금 같은 시간을 물 쓰듯 써버리고 뒤늦게 후회해도 소용없는 일이지요.

"하루에는 하루의 일생이 있다(이와사키 쇼오)"는 명언처럼 하루는 '86,400초'나 되는 귀한 선물입니다. 소중하게 사용하세요.

'당신이 헛되이 보낸 오늘 하루는 어제 죽은 어떤 이가 그토록 살고 싶었던 내일'이라고 하잖아요?

人生のんびりだらりは伸びないぞ
泣くも笑うもひとこまじゃ

진심을 다해 일하지 않으면
노력한 대가가 아니라서 기뻐할 수만은 없지
벌이 따를 거야

📖 산책

진심을 다하지 않고 대충대충 해서 얻는 보수는 정당한 노력의 대가라 할 수 없습니다. 왠지 떳떳하지 못해 그저 기뻐할 수만은 없을 겁니다.

다른 사람은 속일 수 있을지 몰라도 자기 자신까지 속일 수는 없기 때문입니다. 내 일처럼 마음을 다해 일하지 않으면 언젠가 그 대가를 지불해야 될 때가 올지도 모릅니다. '세상에 공짜 점심은 없다'는 말처럼 말입니다.

真剣な心で仕えないと

本当の報酬として喜べない 罰が来るぞ

오늘 하루 자신의 행동을 차분하게 반성해봐
남의 마음을 잘 헤아렸나
이것이 복을 부르는 보시이다

📖 산책

내가 던진 한마디 말이나 무심코 한 행동 하나가 다른 사람의 마음을 아프게 하거나 상처를 준 것은 아닌지 잠자리에 들기 전 한번쯤 돌아보는 건 어떨까요? 또 다른 사람의 마음이나 입장을 헤아려 보려 하지 않고 내 생각만 밀어붙이지는 않았는지 하는 것도요.

'보시'(布施)라는 게 그렇게 거창한 것만은 아닙니다. 상대방의 입장에서 상대방의 생각을 헤아려보는 것도 훌륭한 '보시'라 할 수 있습니다.

一日の自分の動きじっくりと省みよ

人の心を癒しているか 福よびの布施だ

◆ 11월 20일

매일을 충실하게 살고 있는지
반성해봐야 해
행복을 지탱해주는 버팀목이거든

 산책

어영부영 시간만 때우며 하루를 보내고 계시는 것 아닌가요?

빈둥빈둥 허송세월만 하고 있는 건 아니고요?

하루하루 충실한 삶을 살고 있는지 진지하게 한번 돌아볼 필
요가 있습니다. 진정한 행복이란 그냥저냥 살아가는 것이 아니라
가치 있는 삶을 위해 고민하고, 정말 중요한 일에 시간을 투자하
며 하루하루 충실히 살아가는 것에 있습니다. 매사 노력하는 일
상은 좋은 습관으로 이어지고 행복을 지탱해주거든요.

毎日を充実感で生きているか

省りみるべし 幸福の柱だ

직접 만져보는 기쁨
몸소 느끼고 알 수 있음에
감사해본 적이 있는가

 산책

'Love is touch, touch is love' 존 레논의 아름다운 노랫말처럼 사랑이란 서로 닿고 만지며 느끼는 기쁨입니다.

엄마가 아기를 안고 있는 모습보다 더 아름다운 그림이 세상에 있을까요?

또 아기의 고사리손을 만질 때의 사랑스러운 느낌, 새하얀 눈 위에 발자국을 내며 걸을 때의 흥분 등, 만지고 접촉하며 느낄 수 있는 기쁨은 그 자체만으로 삶의 축복이자 행복입니다. 일상의 작은 것에 기뻐할 줄 아는 감사함을 배워야겠습니다.

触れる喜び

触れて知る事が出来る事に 感謝した事があるか

◆ 11월 22일

지금 이 순간에 최선을 다하라
그렇게 마음 먹으면 행복이 찾아올 것이다

 산책

먼 옛날에는 '소금'이 금처럼 귀했다고 합니다. 그 후에는 '황
금'이라는 금, 그리고 최근에 와서는 '지금'이라는 '금'이 부각되고
있지요. 희망찬 미래를 꿈꾸기 위해서는 지금 이 순간이 무엇보
다 소중하다는 의미일 것입니다. 삶의 주인공인 '나'를 세월 가는
대로 내버려 두시겠어요?

세월은 결코 기다려주지 않습니다. 지금 이 순간, 최선을 다해
살다 보면 행운의 여신이 손짓해줄 것입니다.

今を生かし切れ
心をそう切り替えたら 福神の到来だ

돈을 번다는 것은 나에게도 남에게도
기쁨이 되어야 진정한 가치가 있다

📖 산책

돈을 버는 일은 생존과 경제적 자립을 위해 꼭 필요한 일입니다. 그러나 "돈은 훌륭한 하인이기도 하지만 나쁜 주인이기도 하다"는 벤자민 프랭클린의 말처럼 돈은 어떻게 쓰느냐에 따라 그 주인이 될 수도 있고 노예가 될 수도 있습니다. 약이 되기도 하고 독이 되기도 하지요.

자신은 물론 다른 사람들에게도 약이 될 수 있을 때, 진정한 돈의 가치가 살아나서 빛을 낼 수 있습니다.

稼ぐ事は自分も相手も
もう一つ人々の喜びが有って真価だ

진심 어린 보시는
천상으로 통하는 통행증이다

 산책

'보시'의 본질은 아무런 보상을 기대하지 않고 무언가를 베풀거나 봉사하는 것에 있습니다.

받는 이로 하여금 빚을 졌다고 느끼게 하거나, 고마워하기를 기대하는 것은 진심어린 보시라 할 수 없지요.

보상을 바라지 않는 진심 어린 베풂과 봉사야말로 진정한 보시가 되어, 천상으로 통하는 통행증이 될 것입니다.

真心の布施は
天道通行手形となる

스스로 하는가 억지로 하는가에 따라
향상력이 달라진다

 산책

'호지자불여낙지자(好之者不如樂之者)'라는 공자의 말씀입니다. 좋아하는 것이 즐거워하는 것을 따라갈 수 없다는 의미입니다.

하지만 즐기는 경지까지는 아니더라도 최소한 좋아하는 경지에라도 들어가 보는 게 어떨까요? 같은 일이라 하더라도 마지못해 하다 보면 힘들기도 하고 금세 싫증이 나기 마련입니다.

그러나 '어차피 해야 할 일, 기분 좋게 하자'는 자세로 일을 하게 되면 기분부터 달라집니다. 발전과 향상력에 있어서도 좋아서 하는 것과 억지로 하는 것과는 하늘과 땅의 차이가 있습니다.

自分で動くか人に動かされているかで
向上力は変わって来る

◆ 11월 26일

듣는 귀, 배우는 귀가 있음에
감사한 적이 있는 가

 산책

"인간의 입은 하나지만 귀는 둘이다. 이것은 듣기를 두 배로 하라는 것이다." 탈무드의 유명한 구절입니다.

입으로 한 가지를 말할 때 귀로 두 가지를 들어야 한다는 뜻이 담겨져 있지요. 데일 카네기가 대화의 달인이라 불리게 된 데에도 경청의 힘이 뒷받침 되었다는 것은 잘 알려진 이야기입니다.

경청할수록 겸손해지고 상대를 존중하게 됩니다. 또한 듣는 귀가 열려 있다는 것은 사고가 유연하다는 징표이기도 합니다.

聞き耳 学ぶ耳の有る事に
感謝した事があるか

상대방의 실수를
틈새 바람 정도로 여겨라
넉넉한 마음과 여유를 가지면 상쾌해진다

 산책

'자기추상 대인춘풍(自己秋霜 對人春風)' 자신에게는 가을 서릿발처럼 엄격하고 남에게는 봄바람처럼 따뜻하게 대하라는 말입니다.

그러나 현실은 정반대인 경우가 많습니다. '내가 하면 로맨스, 남이 하면 불륜', 이른바 '내로남불'이 만연하고 있는 세상입니다.

다른 사람의 실수나 잘못에 대해 너그럽게 이해하고 덮어주는 여유를 가져보는 게 어떨까요?

우선 나 자신이 기분도 상쾌해지고 조금은 더 여유로워질 것입니다.

相手の過ちを 隙間風くらいにとらえる
大きな心とゆとりを持つと快道となる

주입식 지식으로는 눈먼 세상일 뿐
무엇 하나 도움이 안될 것이야
어리석음을 깨달아라

📖 산책

우리가 주입식 교육을 통해 오랜 시간 배우고 습득했던 지식을 AI는 불과 몇 분 만에 간단히 소화해 내는 시대가 되었습니다.

암기 위주의 주입식 지식만으로 정보화 시대의 트렌드에 부응하기는 쉽지 않습니다. 4차 산업 혁명 시대는 오히려 더 풍부한 인문학적 소양이나 상상력이 요구됩니다.

그런 소양을 통해 새로운 환경에 적응하는 지혜나 능력을 체득해야 합니다. '물고기 한 마리를 주면 한 끼의 식사가 되지만 고기를 잡는 방법을 알려주면 평생의 끼니가 되는 법입니다.'

詰め込み知識では盲目の世の中だ
何ひとつ役に立つまい 馬鹿さに気づけ

마음속의 불만을 훌훌 털어 버려봐
후련한 마음이 생기지

 산책

마음속에 불만이나 불안이 쌓이면 쌓일수록 병이 됩니다.

그 불만을 훌훌 털어낼 수 있다면 자연스럽게 긍정적인 마음이 생기게 되고, 또 긍정적인 행동으로 나아갈 수 있을 겁니다.

행복한 사람과 있으면 행복해지고, 우울한 사람과 있으면 덩달아 우울해진다고 합니다.

마음속의 불만을 털어내고 후련한 마음으로 주위 사람들에게 좋은 기운을 선물해보세요.

心の不満を捨ててみよ
晴々とした心が生まれる

온화한 마음이 분노를 이긴다
마음의 진정제이지

📖 산책

분노의 에너지는 무의식적으로 증폭됩니다. 하지만 그 순간을 깨닫고 자제한다면 분노의 에너지를 누그러뜨릴 수 있습니다.

즉각적인 분노와 행동을 자제하고 자신의 감정을 적절한 방향으로 돌릴 수 있는 '심상법'을 활용해보세요.

심상법이란 잠시 숨을 고른 후, 가상체험을 통해 부정적으로 치닫는 감정을 방어하는 마음 훈련입니다. 분노를 잠재우는 좋은 진정제가 될 것입니다.

穏やかな心に勝てる怒りはない
鎮まりの心薬なり

12월

영혼의 배움

12월 탄생화 : 동백꽃
꽃말 : 애타는 사랑

체험이 풍부한 사람은
발상이 좋으며 좋은 결과를 낸다

📖 산책

'경험의 가치는 많은 것을 보는 게 아니라 현명하게 보는 것'이라는 말이 있습니다. 또한 탁월한 사람은 평범한 사람보다 더 많이 실패한다고 합니다. 뒤집어 말하면 다양한 체험을 한 사람들이 궁극적으로 더 좋은 결과에 도달한다는 뜻이지요.

이렇듯 소중한 체험은 세상을 보는 눈을 뜨게 해주고, 좋은 발상을 불러와, 궁극적으로 좋은 결과물을 만들어 낼 수 있게 해줄 것입니다.

体験の豊かな人は
よい思い付きが有りよい結果が出せる

자신을 소중히 여기는 사람이
남도 소중히 여긴다

 산책

도산 안창호 선생은 원래 《논어》에 근원한 '애기애타(愛己愛他)' 정신을 주창하고 실천하신 분입니다. '애기애타'란 '나를 사랑하고, 또 나를 사랑하듯 남도 사랑하라', 즉 '진심으로 자기를 아끼고 사랑할 줄 아는 사람만이 비로소 남을 사랑하고 이롭게 할 수 있다'는 정신입니다.

자신을 존중하는 사람이 남도 존중할 수 있다는 도산의 애기애타 정신은 '흥사단'을 통해 전수되어, 포용의 리더십이 부각되는 21세기에도 변함없이 주목받고 있습니다.

自分を大切に出来る人は
人をも大切にしている

변명은 생각보다 볼썽사납지
한번 돌이켜 봐

 산책

우리는 핑계와 변명을 밥 먹듯 남발하며 살고 있습니다.

에디슨은 가장 어리석고 못난 변명이 '시간이 없어서'라는 말이라고 합니다. 모든 변명은 어리석고 구차합니다. 나는 빠지고 '상황'만 있기 때문에 비겁합니다. 책임은 빠지고 '탓'만 남기 때문입니다.

'나'와 '책임'은 빠진 채 상황 탓으로만 전가하는 구차한 변명은 잘못을 저지르는 것 이상으로 꼴불견입니다.

言い訳は意外とみっともないんだぞ

振り返って見てみよ

◆ 12월 4일

아무리 훌륭한 이론이라도
구체화하지 않으면 공론으로 끝나게 돼

📖 산책

"나에게 충분히 긴 지렛대를 준다면 지구도 들어 보일 수 있다."

지렛대의 효용을 강조한 아르키메데스의 말입니다. 멋진 비유
의 표현이지만 구체성이 없기 때문에 실행은 불가능한 이야기라
할 수 있습니다. '구체성이 없는 계획은 총알 없는 총이다'라는 말
처럼, 아무리 그럴듯한 이론과 논리라 하더라도 구체성이 결여되
면 탁상공론에 불과한 경우가 많습니다.

반드시 성취하고자 한다면 실현 가능한 계획으로 구체화한 후
에 실천에 옮기는 것이 중요하겠지요.

いかに立派な理論であっても
具体化しないと空論に終わる

변명은 기회주의에서 나온다
세상, 혼자 사는 게 아니야

📖 산책

변명은 다 구차하지만 그 중에서도 최악은 기회주의적 변명 아닐까요? 여기선 이렇게 말하고 또 저기 가서는 저렇게 말하는 '그때 그때 달라요'식의 변명 말입니다.

순간을 모면하기 위해 잔꾀를 부리는 거지만, 세상은 자기 혼자만 사는 게 아니라는 사실을 알아야 합니다.

언젠가 한 입으로 두말한 것이 드러나기 마련이고, 결국 신뢰라고 하는 소중한 자산을 잃게 되고 말 것이기 때문입니다.

言い訳はご都合主義から生まれる
世の中一人で生きているのではない

베푸는 마음을 소중히 하라
인생의 꽃이요 거름이다

📖 산책

"환하게 미소 짓는 것이 얼굴의 베풂이요, 사랑스런 말소리가
입의 베풂이요, 낮추어 인사함이 몸의 베풂이요. 착한 마음씀이
마음의 베풂이라 합니다."

이해인 시인이 쓴 〈기쁨, 아름다움, 베풂의 정의〉의 한 부분입
니다. 그저 미소를 짓고 고개 숙여 인사하는 것도 작은 베풂입니
다. 작은 친절과 베풂이 사람을 아름답게 해주는 꽃이 되고, 세상
을 푸근하게 만드는 거름이 됩니다.

与える心を大切にしろ
人生の花 肥やしだ

무엇 하나 가지고 갈 수 없다
인생의 허무를 알게 되면
그것이 진정한 깨달음이다

 산책

"헛되고 헛되니 모든 것이 헛되도다."

세상의 모든 부귀영화를 누렸던 솔로몬 왕의 탄식입니다.

인생의 허무를 표현한 궁극의 문장이라 할 수 있지요.

'수의(壽衣)'에는 호주머니가 없습니다. 그가 누구든지, 또 어떤 삶을 살았든지 이 세상과 이별하는 순간, 그 무엇 하나도 가져갈 수 없는 것이 인생입니다.

그것을 알게 되면 욕심을 버리는 게 얼마나 중요한지 깨달을 수 있을 겁니다.

何一つ持って行けない
人の人生を虚しいと知れば 真の悟りである

인생은 스스로를 응시하고 깨우치며
수정할 수 있는 사람이 정도를 걷는 사람이다

 산책

"너 자신을 알라." 소크라테스의 명언입니다.

우리는 자기 자신을 잘 알고 있다고 생각하지만 실은 착각일 경우가 많습니다. 자신을 살피고 돌아볼 줄 아는 사람은 그렇지 않은 사람에 비해 보다 아름답고 바른 길을 걸어갈 수 있습니다.

왜냐하면 자신을 들여다보는 것으로 자신의 생각이나 행동의 옳고 그름을 알 수 있고, 잘못이 있을 때 그것을 수정할 수도 있기 때문입니다. 올바른 길을 걷게 될 확률도 높아지게 됩니다.

人生は自分を見つめ 気付き
修正出来る人が正道者だ

인간의 바람은 욕심에서 나온다는 것을 빨리 깨달아야 한다

 산책

소망과 바람은 소박한 것이라 하더라도, 그 바탕에는 인간의 욕심이나 탐욕이 자리하고 있습니다. 욕심은 수고나 노력은 하지 않으면서 그저 얻으려고만 하거나, 자신의 분수에 넘치게 탐하는 것을 말합니다.

소망이나 바람은 삶에 있어 꼭 필요한 것이지만, 탐욕과의 경계를 구분할 수 있어야 합니다. 자신의 분수를 알고 탐욕의 유혹에서 벗어날 줄 아는 사람은, 소망과 바람을 소중한 꿈으로 간직할 수 있을 것입니다.

人間の願い事は欲心から生まれている

早く気付くべし

인생의 마지막 가는 길이
죽음이라는 것을 알게 되면
탐욕은 사라진다

 산책

말기 암환자 병동에서 시한부 삶을 사는 노인들에게 인생에서 가장 후회하는 게 무엇인지 물어보았습니다. 가장 많은 후회는 '나 자신에게 정직하게 살지 못했다' '그렇게까지 아등바등하며 살 필요 없었다' '친구들하고 연락하며 살아야 했다'는 대답이었다고 합니다.

반면에 '돈을 더 벌었어야 했는데'라든가 '고급차 못 가져본 것' 따위의 후회를 토로한 사람은 한 사람도 없었다고 합니다. 죽음 앞에서는 물질적 탐욕 덩어리는 하찮은 존재에 불과합니다

人生の往きつく先が
死である事を知れば 貪り欲は消える

살아 있는 인간의 사명은
세상에 도움이 되고 있는지 아닌지로
판가름할 밖에

📖 산책

무분별한 인간의 욕망과 오만이 불러온 지구 온난화를 비롯한 환경문제가 날로 심각해지고 있는 오늘입니다.

현대를 살고 있는 우리의 중요한 사명 중 하나는 더 늦기 전에 파괴되어 가는 지구 환경과 생태계를 회복시키기 위해 힘써야 합니다. 인류의 미래가 걸려 있는 중요한 문제이기 때문입니다.

일회용품이나 플라스틱 줄이기, 친환경 용품 쓰기 등, 일상에서 할 수 있는 작은 일이라도 실천에 옮기는 노력이 절실하게 요구되는 때입니다. 당신의 삶은 세상에 얼마나 도움이 되고 있습니까?

生きる使命は
世の中に役立っているかどうかと言う事しかない

모자는 모자, 신발은 신발이다
안간힘을 써봐도 그 자리에만 머물면
쓸쓸한 인생이 되겠지

📖 산책

모자를 구두처럼 신고, 구두를 모자처럼 머리에 쓸 수 없지요. 즉 모자의 역할과 구두의 역할이 따로 있어서 아무리 애써 봐도 자리를 바꿀 수가 없다는 것입니다.

그러나 인간은 노력해서 어떻게 하면 성장하고 바꿀 수 있을까를 고민하며 실행해야 한다는 것에 초점이 맞춰져 있지요. 그런데 정작 실행력이 없어 포기하는 사람은 발돋움하며 안간힘을 써 보지만 그 자리에만 머물게 되고 쓸쓸한 인생이 될 것이라는 쓴 약과 같은 말씀입니다.

帽子は帽子 靴は靴

背伸びはしてもその場だけ 淋しい人生だ

만남은 새로운 인생의 출발점
수행 길 찾는 좋은 기회로 알라

📖 산책

빌 클린턴은 16세 소년시절에 당시 대통령 존 F. 케네디와 악수하게 되었는데 클린턴이 대통령의 꿈을 갖게 된 것은 그때부터였다고 합니다. 마침내 46세의 나이로 미국 대통령이 되었지요. 제2의 인생을 만들어 낸 소중하고 의미 있는 만남은 새로운 인생의 출발점이 된 셈입니다.

이렇듯 선물 같고 운명같은 만남은 인생길에서 좋은 기회가 될 수 있으며, 행운은 내가 만들어 내는 것이 아닐까요?

第二の人生である出会いは
磨き道捜しの好機と知れ

영혼의 길은 어디를 가도
수행 길인 것이다
그러니 수행을 고통이라 여기지 말고 즐겨라

📖 산책

'자신을 알게 될 때 사람은 겸손해진다. 인생은 자기 자신을 알아가는 긴 수행의 길'이라는 유지나의 시 한 구절입니다.

〈인생은 소풍이야〉에서는 '너무 잘하려 애쓰지 말고, 너무 많은 욕심으로 힘들게 살지 마. 가진 게 많다고 다 행복한 것도 아니고, 높은 지위에 있다고 다 행복하지는 않아. 조금 부족해도 늘 감사하고 즐거운 마음으로 살다 가면 멋진 인생이 되는 거지' 하고 위안을 해 줍니다.

魂の道は何処まで行っても
磨き道なのだ だから磨きを苦にせず楽しめ

세상을 복잡하게 하고 있는 것은 자신의 마음이다. 마음을 고쳐먹는 게 좋아

 산책

일본 기업 '쿄세라'의 회장 이나모리 카즈오는 "바보는 단순한 것을 복잡하게 생각하고, 평범한 사람은 복잡한 것을 복잡하게 생각하지만 똑똑한 사람은 복잡한 것을 단순하게 생각한다"고 말합니다. 상황을 복잡하게 만들고 고민하는 것도 어쩌면 다 자신의 마음에서 기인하는 것일 수 있습니다.

스스로의 마음을 한번 새롭게 다잡아 복잡한 것도 단순하게, 어려운 것도 쉽게 보는 노력은 어떨까요?

世の中を複雑にしているのは
自身の心だ 改めてみるがよい

모든 것이 인간 사회에서 생겨나는 일이다
인간다움으로 해결하자

📖 산책

공자는 어떻게 하면 이 혼탁한 세상에서 '인간다움'을 성취할 수 있을까 하고, 문제를 깊이 고민했다고 합니다. 그는 '고통을 공감하는 것이 인간 존재의 유일한 법칙'이라는 것을 깨달았다고 합니다. 타인을 심판하는 것이 아니라 같은 인간으로서 그의 처지에 서보는 것이 바로 공감입니다.

이러한 공감을 통해 '인간다움'이 발현될 수 있다면, 인간 사회의 많은 문제들도 그 인간다움으로 해결해 나갈 수 있지 않을까요?

全てが人間社会での出来ごとだ
人間らしさで解決しよう

늙음을 한탄하는 사람이 노인이야
천수를 다하는 사람은
늘 '아직'이라고 생각하지

 산책

98세의 나이에 시집을 발간해 세상을 놀라게 한 일본의 시바타 토요(柴田卜ㅋ) 할머니는 아들의 권유로 90세가 넘어 시를 쓰기 시작했다고 합니다. 할머니의 첫 시집《약해지지 마》는 무려 160만 부 가까이 판매되었다고 하는데, 100세 되는 해에는 두 번째 시집을 내면서 그야말로 나이는 숫자에 불과하다는 것을 잘 보여주었지요. 그녀의 대표작 한 구절, '나도 괴로운 일 많았지만 살아 있어 좋았어, 너도 약해지지 마'를 읽으면 삶에 대한 무한한 열정을 배우게 됩니다.

老いたるを嘆く人が老人だ
まだと思う人が寿人である

생로병사를
대신해줄 사람은 아무도 없어

 산책

"인간은 외로운 존재다. 홀로 있어도 외롭고 같이 있어도 외로운 존재다. 그 외로움을 떨쳐버리려는 모든 인간의 노력은 허사일 뿐"이라는 철학자 키에르케고르의 말처럼 인간은 긴 여정을 홀로 걸어가는 나그네일지도 모릅니다. 태어나는 순간부터 나이 먹고 병들어 죽음에 이르기까지 그 누구도 대신해줄 수 없다는 말입니다.

　나의 인격과 존재감은 무엇과도 누구와도 바꿀 수 없으니 꿋꿋이 홀로 서고 스스로를 챙겨야 하겠습니다.

　生きるも病むも老いるも死ぬのも
　連れは誰一人いない

인생에서 필요한 것은
계속하기보다 마지막을 아는 것이다

 산책

'다 부질없단다. 다 지나간단다. 다 내려 놓거라.'

태어날 때는 주먹을 불끈 쥐고 태어난다지만, 죽을 때는 모두가 손바닥을 펴고 빈손으로 간다고 하죠.

작은 것에 집착하고, 무의미한 것에 목숨을 걸어 쓸데없이 시간과 노력을 소모하는 것보다 정작 중요한 것이 무엇인지 생각해 보고 오늘에 충실하세요.

오늘이 내 인생 마지막이라고 생각하면 어떤 시간을 보내시겠어요?

人生で必要なのは

続ける事より終わりを見つける事だ

◆ 12월 20일

지금이 승부, 오늘은 전쟁, 내일은 모른다
인생길의 법칙이야

 산책

"어제는 히스토리, 내일은 미스테리, 오늘은 프레젠트."

영화 〈쿵푸 팬더〉의 명대사입니다. 내일은 알 수 없는 것이기에 '오늘(present)'이 곧 '선물(present)'이라는 뜻의 재치 있는 대사지요. 그러나 '오늘'이 꼭 '선물'인 것만은 아닌 것 같습니다. 전쟁터와 같은 냉혹한 현실 때문입니다.

하지만 오늘은 역시 소중합니다. 알 수 없는 내일은 미스테리라서 오늘에 충실하고 매순간 치열하게 살아가야 하는 게 인생길의 법칙이니까요.

今が勝負 今日が戰い 明日は解らぬ
人生戰の掟なり

인생길에서 '어차피'라고 말하면
즐거움이 사라지는 거야
잘 생각해봐

📖 산책

말에도 색깔과 냄새가 있습니다. '어차피'라는 말이 풍기는 어감에는 포기나 비관의 냄새가 배어 있습니다. 부딪혀볼 생각도 하지 않고 해봤자 뻔할 거라며 '어차피'를 내뱉게 되면 그나마 남아 있던 의욕조차 증발해 버릴지도 모릅니다.

'말이 씨가 된다'는 속담처럼 말하는 대로 되어 버릴 수도 있으니 가급적 긍정적이고 희망적인 언어 습관이 몸에 밸 수 있게 노력해보는 게 좋지 않을까요?

人生街道で「どうせ」を出したら
楽しさが無くなるぞ 工夫すべし

인생길에서 '결국'이라고 결론 내버리면
이 생명, 이 목숨이 울지
좀 더 깊이 궁리해야 해

📖 산책

인생사, 매일 그날이 그날이고 만사 거기서 거기인 것 같지만, 늘 새로운 날이고 새로운 것들의 연속입니다. 인생 결말을 내는 듯한 '결국'이란 말을 쉽게 하지 말라는 의미심장한 암시를 주고 있습니다.

'인생, 힘들다 말하면 더 힘들어지고, 안 된다 말하면 될 일도 안됩니다.' 그렇게 포기하는 것 같은 말로 쉽게 결론 내버리면 인생이 너무 허무해지는 것 아닐까요? 신발 끈을 다시 매고, 심호흡을 크게 하여 다시 도전해봅시다.

人生街道で「結局」を出したら
命が泣くぞ 工夫だ工夫だ

만사에 얽매이지 않아야
삶이 홀가분해진다

 산책

"당신 아닌 모습으로 사랑받는 것보다 당신 모습 그대로 미움받는 편이 낫다." 프랑스의 소설가 앙드레 지드의 말입니다.

세상의 명예와 이익에서 벗어나지 못하는 삶은 불쌍한 삶입니다. 행복한 삶은 무엇에도 얽매이지 않는 자유로운 삶이라 할 수 있습니다.

누구에게도 휘둘리지 않고, 그 어떤 것에도 얽매이지 않으면서 자기 방식대로 살게 될 때 비로소 삶이 홀가분해질 것입니다.

何事も取り込まないことが
人生の身軽さを生み出す

삶의 진정한 가치를 제대로 봐라
인생 낙오자가 되지 않도록

📖 산책

당신의 삶의 가치는 무엇인가요? 삶의 목적과 인생 목표를 알고, 나로 살아가고 있는 이유를 찾아서 나만의 행복 가치관을 만들어봅시다. 나만의 행복감을 위해, 스스로 운명을 개척해 나갈 소중한 가치를 말이죠. 오프라 윈프리는 인생의 낙오자가 되지 않는 비결은, "원하는 것을 손에 넣을 수 없다면, 손닿는 곳에 있는 것을 사랑하라"고 현실적인 충고를 합니다.

삶의 가치에 대한 판단은 사람마다 다를 수 있지만, 중요한 것은 그것이 무엇이든 항상 잃지 않고 간직하는 것입니다.

生きる真の価値をしっかりと見つめよ
落ちこぼれにならないように

자기 역량은 스스로 만들어라
남에게 의존하지 말라
비교해서도 안 돼

산책

"나의 유일한 경쟁자는 어제의 나다. 눈을 뜨면 어제 살았던 삶보다 더 가슴 벅차고 열정적인 하루를 살려고 노력한다."

혹독한 훈련으로 사람들의 심금을 울린 세계적인 발레리나 강수진의 말입니다. 그녀의 말처럼 자신의 역량을 만들어 가는 데는 누군가에게 의존하고 기대는 마음을 버려야 합니다. 또 다른 사람과 비교하는 것도 금물이라 할 수 있습니다.

인생이라는 길고 험난한 여정에서 가장 중요한 것은 바로 자기 자신과의 싸움이기 때문입니다.

自分の力量は自分で作れ
他人を当てにするな 比べてもならぬ

인생에서 압박감은 성장하기 위해 있다
극복하는 힘이 되지

 산책

"압박감은 특권이다." 미국 프로농구에서 1,000승이라는 대기록을 달성한 감독 닥 리버스의 말입니다. 매 게임, 매 시즌마다 승리를 염원하는 구단과 팬들로부터의 엄청난 압박감에 시달리지만, 그 압박감이야말로 도전과 도약의 의지를 북돋워주는 자극제가 되었다고 합니다. 그의 말처럼 살면서 만나는 갖가지 압박감을 피하려 하지만 말고 긍정적인 자세로 맞설 수 있다면, 어려움을 극복하는 마음 근육을 키울 수 있게 될 것입니다.

'피할 수 없다면 즐겨라!'

人生での圧迫感は伸びる為にある
乗り切る力となる

마음 집중해서 망상을 끊어라
지금의 모든 것을 걸고서라도

 산책

'자신의 능력 이상의 지위나 힘을 갈구하는 자는 부패하고 헛된 망상에 빠진다.' 망상이란 이치에 맞지 않는 허황된 생각이나, 잘못된 판단, 확신 등 사고(思考)의 이상 현상이라 할 수 있습니다.

상황을 자기중심적으로 해석하고 잘못된 믿음을 부풀리고, 심하면 피해망상이나 과대망상 등의 병적 징후로 나타나게 됩니다. 그렇기 때문에 마음을 집중해 망상의 스위치를 'OFF' 하는 노력을 해 나가야 하겠지요.

人間の妄想を心の集中で止めよ
それには今に全てを賭けることだ

살아 있는 그 자체가 의존이다
의존에서 어느 누구도 벗어날 수 없어
그걸 깨달으면 돼

📖 산책

사람 '인(人)'은 사람이 서로 등을 맞댄 형상을 표현한 글자로서, 서로 기대고 의존하면서 살아가는 것이 사람이라는 의미겠지요.

남아프리카에는 '우분투(Ubuntu)'란 말이 있다고 합니다. 이 말은 '네가 있어 내가 있다'라는 의미로, 타인과의 유대나 의존의 불가피함을 표현하는 말입니다. 내가 부족한 것을 다른 사람에게 얻어 채워가고, 다른 사람이 부족한 것은 내가 채워주면서 살아가는 것이 인간사회의 본질이라는 것을 다시 한 번 곱씹어 보게 하는 말입니다.

生きている事そのものが依存だ
人間依存から誰も逃げられない 気付けばよい

진정 기뻐하는 마음은
천도(天道)의 통행증이다
밝은 세상으로 널리 퍼진다

 산책

"모든 사람들이 며칠간만이라도 눈멀고 귀가 들리지 않는 경험을 한다면 그들은 자신이 가진 것에 축복할 것이다. 어둠은 볼수 있다는 것에 감사하게 하고 침묵은 소리를 듣는 기쁨을 가르쳐 줄 것이다." 진정한 기쁨과 축복이 어떤 것인지를 일깨워주는 헬렌 켈러의 명언입니다.

늘 감사하고 기뻐할 줄 아는 마음은 우리의 삶을 풍요롭고 밝은 세상으로 널리 퍼지게 하는 천도의 통행증입니다.

随喜の心は天道手形だ
豊明の広がりとしれ

모든 만물도, 인간도 불완전하다
그것을 어떻게 완전에 가깝도록 할지가
인생 과제이다

📖 산책

이 세상에 완전한 것은 없습니다. 인간은 물론이고 만물을 비롯해 인간이 만든 제도나 사회 등은 모순과 허점투성이입니다. 그래서 인류는 일찍부터 샤머니즘이나 종교, 또는 절대자에게 의지하려 했던 것인지 모릅니다. 그러나 인간은 완전에 가깝게 다가가려는 노력을 아끼지 않는 존재이기도 합니다.

실수를 거듭하고 실패한다 하더라도, 더 나은 내일을 만들기 위해 부단한 노력을 거듭하는 것이야말로 인간의 숙명이자 영원한 과제일 것입니다.

全てのものも人も不完全である
それをいかに完全に近づけるかが 人生課題である

자유로운 마음은 반론에 부딪쳐도
받아들일 수 있는 힘이 있다

 산책

"당신의 주장에는 동의하지 않지만, 당신이 그것을 말할 수 있는 권리는 목숨걸고 지켜주겠다." 사상가 볼테르의 말입니다.

자유로운 마음은 그 어떤 것에도 얽매여 있지 않고 모든 것을 향해 열려 있습니다. 또한 자유로운 마음은 애착을 초월해 있기 때문에 결코 기분이 상하지도 않습니다. 설사 반론에 부딪힌다 하더라도 그것을 여유롭게 받아들일 수 있는 관용과 포용력이 있습니다. 자유로운 마음은 생각의 차이를 인정하고 존중할 줄 아는 마음이기 때문입니다.

自由な心は反論が有っても
受け止める力がある

　365일 삶의 지침서와 함께하신 여러분의 아주 밝고 건강한 얼굴이 눈에 선합니다. 365개 항목 중 마음에 남는 것도 많이 있으리라 생각합니다. 혹시 잊어버리거나, 또 그날의 사정으로 건너뛰고 끝난 항목이 있으면 거기를 다시 펴서 봐주세요.

　저도 소홀히 했던 항목을 펼쳐보고 깜짝 놀란 적이 종종 있었습니다. 그 건너뛰었던 항목이 자신에게 있어서 매우 중요한 항목이었던 겁니다.

　고민하면서 마주한 항목도 있었습니다. 그 고민이 여러분의 인생을 쉽게 해결해주는 지혜가 될 수도 있을 겁니다.

　아! 이것을 진즉 알았다면 다른 이에게 불쾌감을 주지 않았을 것을 하고 반성을 하거나, 아니면 다시 상대에게 사과할 수 있는 기회를 가지는 것도 좋을 것입니다.

　제 개인적인 경험으로 비추어 보았을 때, 상대방이 그것을 흔쾌히 이해해준 날, 둘이서 주고받았던 술맛은 아직도 마음의 기쁨으로 남아 있습니다.

　진정한 우정이 생긴 날이기도 하고, 그 친구와는 끊으려 해도 끊을 수 없는 우정으로, 어떤 작은 일이라도 서로 상담할 수 있게 되었고, 나중에 나의 직장에 "보련상(報連相)"[2]의 교훈까지 가져올 수 있게 해주었습니다.

알고 계실지도 모르겠습니다만, '보(報)'란 보고의 일입니다. '련(連)'이란 연락의 일, '상(相)'이란 상담입니다만, 사람과 사람 사이에서 의사소통이 핵심이라고 생각합니다.

어쩌면 이 보련상은 인생 필수의 깨달음이 아닐까요?

무의식중에 부처께 "감사했습니다" 하며 울었던 일도 여기에 고백해 두겠습니다.

여러분에게 이 책이 삶의 지침서로써 좋은 길잡이가 되기를 진심으로 바랍니다.

좋은 친구가 한 명 늘고

또 한 명 늘고

화목의 바퀴가 크고 둥글게

365일을 마치며

저자 이와사키 쇼오

---

2 보련상 : 보고(報告)·연락(連絡)·상담(相談)의 머리글자를 따서 만든 말로서 조직을 효율적으로 운영하기 위한 필수 요소임.

365일 삶의 지침서

초판 1쇄 발행 2022년 10월 25일
초판 2쇄 발행 2022년 11월 25일

지은이   이와사키 쇼오
감수   김병묵
옮긴이   안원실 · 서상옥 · 이경수 · 석치순
펴낸이   윤형두 · 윤재민
펴낸곳   종합출판 범우(주)

등록번호   제 406-2004-000012호(2004년 1월 6일)
          (10881) 경기도 파주시 광인사길 9-13 (문발동)
대표전화   031)955-6900, 팩스 031)955-6905

홈페이지   www.bumwoosa.co.kr
이메일   bumwoosa1966@naver.com
ISBN 978-89-6365-464-5 03830

＊잘못된 책은 바꾸어 드립니다.
＊이 도서의 국립중앙도서관 출판시 도서목록(CIP)은 e-CIP홈페이지
(http://www.nl.go.kr/cip.php)에서 이용하실 수 있습니다.